한용운을 읽다

한용운을 읽다

기룬 님을 좇아가는
삶의 나침반 같은 시

전국국어교사모임 지음

머리말

독립투사이자 민족운동가, 높은 경지의 스님이자 실천적 종교가. 그러나 이에 못지않게 시인으로 우리들 마음속에 남아 있는 한용운. 1925년 8월 29일, 나이 마흔일곱에 그는 오세암에서 시집 《님의 침묵》을 탈고한다. 머리말에 해당하는 〈군말〉과 맺음말에 해당하는 〈독자에게〉를 포함해 90편의 시를 우리에게 내놓는다.

'님'과 '당신'으로 대표되는 그의 시에는 어떻게 사랑하며 살아야 할지, 어떤 삶을 살아야 할지에 대한 대답이 들어있다. 연애시의 형식을 띠고 있지만, 꼼꼼하게 읽으면 시 속에는 삶의 진리와 철학이 담겨 있다. 사람들이 살아가면서 일상으로 만나게 되는 사랑과 이별을 통해서 사랑의 방식과 삶의 방식을 어떨 때는 비유적으로, 어떨 때는 역설적으로 이야기한다.

한용운은 《님의 침묵》 말고도 다양한 장르의 문학 작품을 남겼다. 한시, 시조, 소설 등 문학의 다양한 갈래를 통해 독자들을 만났다. 그러나 한시, 시조, 소설보다 시집 《님의 침묵》이 이 시대를 사는 우리에게 잘 어울릴 것 같아, 여기서는 《님의 침묵》 속의 시

20편을 골라 실었다. 이 시를 읽으면서 어떤 사랑법과 어떤 삶이 우리를 아름답고 행복하게 만들지 생각했으면 좋겠다.

《님의 침묵》이 나온 지가 벌써 90년이 넘었다. 한용운이 살았던 시대보다 자유롭고 풍요로워졌지만 여전히 이 시들은 유효하다. 어떤 면에서는 그때보다도 더 잘 와닿을 수 있겠다. 사랑의 방식에 대해, 삶의 방식에 대해 고민하는 우리 현대인들에게 이 시들은 작은 위안을 줄 수 있기 때문이다. 그러므로 이 시 속의 님이나 당신이 누구인지는 중요하지 않다. 연인이냐, 종교이냐, 조국이냐를 두고 논쟁할 필요가 없다. 시를 읽는 독자에겐 그 모든 해석이 가능하기 때문이다.

이 시를 읽으면서 사랑하는 사람, 사랑하는 것들을 떠올려보면 좋겠다. 이 시를 읽으면서 그리운 것들을 떠올려보면 좋겠다. 사랑하는 것들, 그리운 것들을 떠올리며 이 시를 읽는다면 우리는 또 다른 한용운이 될 것이다.

이 책은 한용운 시를 먼저 접한 선배가 한용운 시를 접할 후배에게 한용운 시를 좀 더 쉽게 만날 수 있도록 안내하는 책이다. 이 책을 읽으며 한용운 시의 매력을 느낄 수 있었으면 좋겠다. 그리하여 우리의 청소년들이, 바삐 사는 현대인들이 한용운의 넓고 깊은 시 세계를 즐겁게 여행하면 좋겠다.

이정관

차례

머리말 4

01 한용운의 삶과 작품 세계

한용운의 삶 12
한용운의 님과 당신 - '군말'을 중심으로 22
한용운의 또 다른 문학 26

02 키워드로 읽는 한용운 시

님의 침묵 34
이별은 미의 창조 40
알 수 없어요 44

나의 길 50
나룻배와 행인 56
행복 62
비밀 68
해당화 72
당신을 보았습니다 78
복종 84
정천한해 90
첫 키스 96
님의 얼굴 100
찬송 106
논개의 애인이 되어서 그의 묘에 112
사랑하는 까닭 122
달을 보며 126
나의 꿈 130
수의 비밀 134
사랑의 끝판 140

일러두기

1. 한용운 시의 원본은 《원본 한용운 시집》(김용직 주해, 깊은샘)을 참고하였습니다.

2. 원본 중 한자는 모두 한글로 바꾸었습니다.

3. 현대어로 바꾼 것은 《원본 한용운 시집》을 참고하였고, 더 바꿀 필요가 있는 것들은 선생님들과 협의 후 가장 적절한 것으로 선택하여 바꾸었습니다.

4. 원문을 현대어 표기법에 맞게 맞춤법과 띄어쓰기 등을 바꾸었고, 원문의 뉘앙스를 살려야 할 필요가 있는 시어들은 그대로 살려두고 각주를 달아 설명하였습니다.

5. 마침표나 쉼표 등은 꼭 필요한 경우가 아니면 원문과 같게 표시하였습니다.

01

한용운의 삶과 작품 세계

한용운의 삶

님은 갔습니다. 아아 사랑하는 나의 님은 갔습니다

푸른 산빛을 깨치고 단풍나무 숲을 향하여 난 작은 길을 걸어서 차마 떨치고 갔습니다

《님의 침묵》의 첫 번째 시 〈님의 침묵〉의 첫 부분이다. 한용운은 우리에게 님을 남기고 해방이 되기 1년 전 우리 곁을 떠났다. 해방을 염원했으나 끝내 해방을 보지 못하고 갔다. 차마 떨치고 갔다.

우리는 만날 때에 떠날 것을 염려하는 것과 같이 떠날 때에 다시 만날 것을 믿습니다

아아 님은 갔지마는 나는 님을 보내지 아니하였습니다

제 곡조를 못 이기는 사랑의 노래는 님의 침묵을 휩싸고 돕니다

하지만 우리는 한용운이 남긴 시로 한용운을 만나고 있다. 한

용운은 갔지만 시는 남아 우리와 함께하고 있다. 그의 사랑 노래는 우리 곁을 맴돌며 우리가 어떻게 사랑하며 살아가야 할 것인지 생각하게 한다. 그는 영원히 우리 곁에서 님으로, 사랑으로 남아 우리를 휩싸고 돈다.

한용운의 삶을 간단하게 정리하면 다음과 같다. 본명은 한유천, 법명은 용운, 법호는 만해. 1879년 8월 29일에 충청남도 홍성군 결성면에서 아버지 한응준과 어머니 창성 방씨 사이에 차남으로 태어났다. 1895년 17세 때 동학운동에 가담했고, 1905년에 백담사의 김연곡 스님을 만나 불교에 귀의한다. 1913년 《조선불교유신론》을 발표하고, 1914년 대장경을 간추려 《불교대전》을 발간했다. 1919년에는 33인 민족 대표로 〈독립선언서〉에 서명하고 3·1운동에 앞장섰다. 1930년에 〈만당〉이라는 비밀 결사를 조직해 10여 년 동안 조국 독립을 위해 민족 투쟁을 벌인다. 만년에 중풍으로 고생했는데, 영양실조까지 겹쳐 1944년 6월 29일 서울 성북동 심우장에서 사망했다.

그의 삶은 개화기에서부터 일제강점기를 아우른다. 그런 그의 삶을 가장 잘 보여줄 수 있는 요소 둘을 꼽자면 무엇이 가장 적당할까?

먼저 청년기 이후 그가 몸과 마음을 담았던 불교를 꼽을 수 있다. 스물일곱에 입문한 이후로 그는 눈을 감는 그 날까지 스님이었다. 또 하나는 식민지적 현실이다. 외세의 침략이 시작되던 때부터 나라를 빼앗긴 시절 내내 그의 마음속에는 빼앗긴 나라를 되찾으려는 의지로 가득했다.

처음 한용운이 공부한 학문은 한학이었다. 고향의 서당에서 공부를 시작했는데 여섯 살 때 중국 송나라의 역사서 《통감》을 읽었고 《대학》을 이해할 수 있었다고 한다. 이후 독서를 통해 학문의 세계를 넓혀가다가 열여덟 살에 동학에 참여한다. 동학운동이 실패로 끝난 뒤 그는 오세암에 들어가 불교 공부를 시작한다. 1년여 동안 팔만대장경을 독파한 후 이곳저곳을 떠돌다 1905년 스물일곱의 나이에 백담사로 출가(세속의 인연을 버리고 수행 생활에 들어감)한다.

출가 초기에는 승려 생활에 크게 만족하지 않은 듯싶다. 고향에는 열네 살에 결혼한 아내가 있었는데 출가한 그해, 홀연 고향으로 돌아와 12월에 맏아들 보국을 낳는다. 그러나 고향에도 그리 오래 있지 못하고 백담사로 다시 출가한다.

그는 이때부터 전보다 진지한 태도로 불도에 정진한 것으로 보이는데, 불경과 함께 적자생존의 원리를 다룬 계몽사상서 《음빙실문집》, 세계지리 책 《영환지략》 등을 읽으며 더 넓은 세상을 보기 위해 러시아의 블라디보스토크와 일본으로 여행을 떠난다. 블라디보스토크에서는 친일 단체 일진회의 첩자로 몰려 죽을 고비를 넘긴다. 1908년에는 일본 각지를 순회하며 신문물을 경험하고 돌아온다. 독서와 여행을 통한 견문은 그로 하여금 근대적인 지식을 주체적으로 흡수하게 했으며 변화하는 세계를 파악할 수 있도록 했다.

이후 금강산 유점사와 건봉사에서 화엄경과 반야경을 공부하고 강원도 표훈사와 화산강숙에서 불교 강사로 취임한 그는 본격적으로 스님으로서의 활동을 시작한다.

스님으로서의 행적으로 빼놓을 수 없는 것이 《조선불교유신론》 집필이다. 1913년에 출판되어 총 18개의 장으로 구성된 이 책은 불교의 진리를 해석한 이론서가 아닌, 조선의 불교 문제를 해결하려는 실천서이다. 불교학자 서경수는 이 책을 두고 1910년대 가장 선구적이고 혁명적인 논문이라고 평가한다. 그는 네 가지 측면에서 이 책의 우수성을 이야기하고 있는데, 이를 하나씩 살펴보면 다음과 같다.

첫째, 조선 불교 전반을 다각적으로 분석하고 비판을 가했다. 둘째, 전체 논문이 이론이 정연하고 체계가 잘 짜여 있다. 셋째, 그러면서도 불교의 장래를 누구보다도 아끼는 종교적 열정이 글 곳곳에 배어 있다. 넷째, 당시로써는 개화된 문장체라 할 수 있는 국한문 병용으로 작성됐다.

《조선불교유신론》은 총 18장으로 구성되어 있는데, '서문, 서론, 불교의 성질, 불교의 주의, 불교유신은 파괴로부터, 승려의 교육, 참선, 염불당 폐지, 포교, 사원의 위치, 불가에서 숭배하는 불상과 그림, 불가의 각종 의식, 승려의 인권 회복은 반드시 생산으로부터, 불교의 앞날과 승려의 결혼 관계, 주지의 선거 방법, 승려의 단체, 사원의 통할, 결론' 순으로 진행된다. 200자 원고지 1만 매가 넘는 이 논설 가운데 제14장 승려의 결혼 문제에 관한 부분은 특히 큰 파문을 일으켰다.

1912년부터는 경전을 대중화하기 위해 《불교대전》 편찬 작업에 착수한다. 통도사에서 대장경을 낱낱이 읽어 내려가며 준비한 이 책은 1914년 범어사에서 간행되었다. 《조선불교유신론》이 승려들을 대상으로 한 책이라면, 《불교대전》은 불교 교리를 현대화해 대중에게 제시한 책이라고 할 수 있다. 1918년에는 우리나라 최초의 불교 교양 잡지 《유심》을 창간한다. 60여 쪽 정도의, 비교적 분량이 적은 잡지였지만 불교 글 이외에도 민중 교양과 청년들에게 권하는 수양의 글들이 실리곤 했다. 그러나 《유심》은 총독부 정책에 반발하는 내용을 포함할 때도 있어서 연재가 취소되기도 했다. 결국 총독부의 탄압을 견디지 못하고 제3호로 종간하게 된다.

한용운의 삶에서 불교를 혁신하기 위한 노력 못지않게 중요하게 살펴볼 부분이 있다. 다름 아닌 식민지 현실을 벗어나기 위한 노력이다.

기미년 3·1운동은 한용운을 빼놓고 이야기할 수 없다. 3·1운동은 식민지 민중의 역량이 총체적으로 결집된 독립 투쟁이다. 1919년 윌슨의 민족자결주의 제창을 계기로 한용운은 최린, 오세

창 등과 조선 독립을 논의한다. 이후 손병희를 포섭해 중심으로 세운 뒤 최남선이 작성한 〈독립선언서〉의 문장을 수정하고 다음과 같은 공약삼장을 추가로 적는다.

1. 금일 오인의 차거는 정의, 인도, 생존, 존영을 위하는 민족적 요구이니, 오직 자유적 정신을 발휘할 것이요, 결코 배타적 감정으로 일주하지 말라.
2. 최후의 일인까지 최후의 일각까지 민족의 정당한 의사를 쾌히 발표하라.
3. 일체의 행동은 가장 질서를 존중하여 오인의 주장과 태도로 하여금 어디까지든지 광명정대하라.

일제는 〈독립선언서〉보다 공약삼장의 내용을 근거로 민족 대표들에게 내란죄를 적용한다. 이 공약삼장을 둘러싸고 여러 논란이 제기되어 왔는데, 그중에는 '실제로 누가 썼는가?'도 포함된다. 최남선이 썼다고 보는 사람도 있고, 한용운이 썼다고 보는 사람도 있는데, 당시 일제의 반응을 살펴보면 한용운이 썼다고 보는 게 더 타당하다. 일제는 공약삼장의 두 번째 항목 "최후의 일인까지……"를 물고 늘어지며 민족 대표들에게 죄를 묻는데, 최남선보다 한용운에게 더 무거운 형을 내렸다.

일제에게 체포된 한용운은 구속되면서 3가지 원칙을 제시한다. 변호사를 선임하지 말 것. 사식을 들이지 말 것. 보석을 요구하지 말 것. 많은 민족 대표가 이 3가지 원칙을 실천하지 못했는데 한용운은 끝까지 이 원칙을 실천한다. 한용운은 일본인 검사와 경찰의 심문 과정에서 흐트러지는 법 없이 당당하게 자신의 신념을 밝힌다. 이 신념이 잘 드러난 글이 감옥에서 작성한 〈조선독립이유서〉이다. 이 글에서 한용운은 조선 침략의 근거를 제공한 일제의 군국주의를 꾸짖고, 제1차 세계대전 때의 독일처럼 일본도 반드시 패망할 날이 올 것이라고 확언했다.

어찌 평화를 위한 전쟁이 있겠으며, 또 어찌 자기 나라의 수천 년 역사가 외국의 침략에 의해 끊기고, 몇백만 몇천만의 민족이 외국인의 학대 하에 노예가 되고 소와 말이 되면서 이를 행복으로 여길 자가 있겠는가.

어느 민족을 막론하고 문명 정도의 차이는 있을지언정 피가 없는 민족은 없는 법이다. 이렇게 피를 가진 민족으로서 어찌 영구히 남의 노예가 됨을 달게 받겠으며, 나아가 독립 자존을 도모하지 않겠는가. 그러므로 군국주의, 즉 침략주의는 인류의 행복을 희생시키는 가장 흉악한 마술에 지나지 않는다. 어찌 이 같은 군국주의가 무궁한 생명을 유지할 수 있겠는가.

〈조선독립이유서〉에서

투옥 기간 동안 한용운은 일제로부터 3·1운동을 뉘우치는 글을 써내면 사면해 주겠다는 회유를 당하기도 한다. 하지만 이에 굴복하지 않고 1921년 가을, 만기 감형으로 출소한다. 이후에도 조선물산장려운동을 적극적으로 지원했으며 1929년 조병옥, 김병로, 송진우, 이인 등과 함께 광주학생의거를 전국적으로 확대하는 한편, 민중 대회를 여는 등 조국 광복을 위한 노력을 이어 나간다.

한용운의 민족적 삶에서 빼놓을 수 없는 이야기가 민적이다. 일제는 조선을 통치하는 동안 처음에는 민적, 그 후에 호적법을 만들어 실시한다. 한용운은 초지일관으로 "나는 조선 사람이다. 왜놈이 통치하는 호적에 내 이름을 올릴 수 없다."라며 평생을 호적 없이 지냈다.

> 나는 집도 없고 다른 까닭을 겸하여 민적이 없습니다
> '민적 없는 자는 인권이 없다. 인권이 없는 너에게 무슨 정조냐'
> 하고 능욕하려는 장군이 있었습니다

〈당신을 보았습니다〉에서

'민적 없는 자는 인권이 없다'는 구절처럼 민적이 없는 그는 신변 보호는 물론 모든 배급 제도에서 제외되었다. 특히 재혼한 뒤 태어난 딸 영숙은 학교에 다닐 수 없었다. 한용운은 죽는 날까지 "일본놈의 백성이 되기는 싫다. 왜놈의 학교에는 절대 보내지 않

겠다." 하고는 집에서 어린 딸에게 공부를 가르쳤다고 한다.

심우장 이야기도 빼놓을 수 없다. 1933년 유숙원과 재혼한 그에게 지인들은 성북동에 거처를 마련해 주기로 한다. 그렇게 해서 지은 집이 바로 심우장이다. '심우'는 '소를 찾는다'는 뜻으로 '우리의 마음자리를 찾는다'는 불교적인 선의 의미가 담겨 있다. 심우장은 동북향으로 지어졌는데, 여름에는 시원하고 겨울에는 따뜻한 남향으로 집을 짓게 되면 돌집(조선총독부)을 바라보게 되기 때문에 일부러 겨울에 더 춥고 여름에 더 더운 동북향으로 집을 지은 것이라 한다. 조선총독부를 발밑으로 두고 살고자 하는 그 의지가 집을 통해서도 여실히 드러난다. 심우장에서 10여 년을 살다가 1944년 6월 29일, 그의 나이 예순여섯에 입적하게 된다.

한용운의 님과 당신

-'군말'을 중심으로

한용운의 시 대부분은 님 또는 당신과 나 사이의 관계를 그린다. 그래서 시에서 님 또는 당신이 누구인지를 찾아내는 것이 중요하다. 시대적인 상황이나 시인을 고려하지 않고 시를 읽는다면 사랑하는 연인의 모습을 찾을 것이다. 그러나 시대적인 맥락을 고려한다면 부처나 민족으로 해석할 수 있다. 그래서 한용운의 작품 연구는 님 또는 당신의 해석에 중점을 둔 연구가 많다. 물론 이는 아주 중요하다. 님 또는 당신을 해석해야 시를 제대로 이해할 수 있기 때문이다. 하지만 이를 분명히 해야만 그의 시에서 매력을 느낄 수 있는지에 대해서는 의문이 남는다.

이러한 의문의 실마리를 찾기 위해 우리는 앞으로 〈군말〉이라는 시를 읽을 것이다. 〈군말〉은 한용운의 시집 《님의 침묵》 속 서문에 해당하는 시이다. 서문 같은 시 〈군말〉을 통해 한용운은 《님의 침묵》이라는 시집의 방향을 이야기한다. 스님이었던 그는 왜 시를 썼을까? 그중에서도 왜 하필이면 연애시처럼 보이는 시들을 썼을까? 우선 〈군말〉을 읽어보자.

> '님'만 님이 아니라 기룬 것은 다 님이다 중생이 석가의 님이라면 철학은 칸트의 님이다 장미화의 님이 봄비라면 마시니•의 님은 이태리•다 님은 내가 사랑할 뿐 아니라 나를 사랑하나니라
>
> 연애가 자유라면 님도 자유일 것이다 그러나 너희들은 이름 좋은 자유에 알뜰한 구속을 받지 않느냐 너에게도 님이 있느냐 있다면 님이 아니라 너의 그림자니라
>
> 나는 해 저문 벌판에서 돌아가는 길을 잃고 헤매는 어린 양이 기루어서 이 시를 쓴다

• 마치니. 이탈리아의 독립운동가
• 이탈리아의 한자식 표기

이 시에서 시인은 님에 대한 분명한 정의를 내리고 있다. '님만 님이 아니라 기룬 것은 다 님이'라고 말한다. 앞의 님이 대체로 사랑하는 사람인 연인을 의미한다면, 뒤의 님은 이를 넘어선 님이다. 앞의 님을 포함하여 기룬 것은 다 님이라는 것이다.

그렇다면 '기루다'의 의미는 무엇인가? 연구자들의 해석은 조금씩 다르지만 대체로 '그리워하다, 정을 두다, 그립다, 애틋하다'의 의미로 해석한다. 기룸이 있는 대상이 님이니까 그리워하고 애틋한 존재는 다 님이 될 수 있다는 것이다. 이 '기루다'의 구체적

인 예로 한용운은 “석가의 님은 중생이고, 칸트의 님은 철학이고, 장미화의 님은 봄비이고, 마시니의 님은 이태리”라고 말한다. 이 말은 즉, 님의 존재는 전적으로 기루는 주체에 의해서 결정된다는 것이다. 스님의 님은 부처가 될 것이고, 국민에게 님은 조국이 될 것이며, 철학자에게 님은 철학이나 진리가 될 것이다. 내가 사랑하고, 그러한 나를 사랑하는 존재 모두가 님이 될 수 있는 것이다.

그렇다면 한용운에게 님은 누구인가? 길을 잃고 헤매는 어린 양이다. 다시 말하면 어떻게 살아야 할지, 어떻게 사랑하며 살아야 할지 잘 모르는 중생이다. 이 중생들이 어떻게 살아야 하고, 어떻게 사랑하며 살아야 하는지를 말하기 위해 한용운은 이 시들을 쓴 것이다.

그러니 이 시집에 나오는 님을 한용운의 님으로만 해석할 필요는 없다. 분명 한용운에게 님은 중생이기도 하고, 부처이면서 조국이기도 했을 것이다. 그런데 이 시들을 그런 맥락으로만 읽어낸다면 〈군말〉에서 밝힌 님의 의미가 축소된다. 한용운 자신은 그의 님을 이야기하지만, 시를 읽는 독자들은 각자 자신의 님, 자기가 ‘기루는’ 대상을 투영하면서 읽으면 된다. 그래야 시 속에서 길을 잃지 않고 그 매력을 제대로 느낄 수 있다.

당신 또한 님과 같은 의미로 읽어내면 된다.

한용운의 또 다른 문학

《님의 침묵》 말고도 한용운은 한시, 시조, 소설 등 다양한 장르의 문학 작품을 남겼다. 한시 163수, 시조 32수, 소설 5편 등의 작품은 《님의 침묵》만큼 한국문학사에 큰 영향을 미치지는 않았지만 그가 문학에 얼마나 관심이 많았는지를 보여준다.

한용운의 문학세계는 정형시인 한시와 시조에서 시작되었다고 볼 수 있다. 그는 어렸을 때부터 한시를 썼고, 자유시를 쓰기 이전에 시조를 쓰기 시작했다. 그러나 그의 한시와 시조는 자연, 시간, 식물, 동물, 기행, 풍류 등 자신이 직접 겪었던 생활 이야기를 쓴 것들이 대부분이다. 대체로 그 시기에 쓰인 다른 작품들과 큰 차이가 없으며 쉽게 이해할 수 있는 작품이 많다.

1) 한시

한용운의 한시는 대체로 칠언절구(한 구가 일곱 글자씩으로 된 네 줄의 한시) 형식을 취하고 있다.

秋夜雨 추 야 우	가을 밤비
床頭禪味澹如水 상 두 선 미 담 여 수	정(定)에 드니 물 같은 심경
吹起香灰夜欲闌 취 기 향 회 야 욕 란	향 다시 살아나고 밤이 깊어라.
萬葉梧桐秋雨急 만 엽 오 동 추 우 급	문득 오동잎에 가을비 소리
虛窓殘夢不勝寒 허 창 잔 모 불 승 한	으스스 새삼스레 밤이 차가워라.

고은의 《님의 침묵》에서 한글 번역을 인용함.

山家曉日 산 가 효 일	산가의 새벽
山窓睡起雪初下 산 창 수 기 설 초 하	일어나니 창밖에는 눈이 날리어
況復千林欲曙時 황 복 천 림 욕 서 시	온 숲을 메웠구나 이 새벽에.
漁家野戶皆圖畵 어 가 야 호 개 도 화	마을 집 아늑하여 그림 같은데
炳裡尋詩情亦奇 병 리 십 시 정 역 기	샘 솟는 홍취로 병도 잊느니…….

고은의 《님의 침묵》에서 한글 번역을 인용함.

두 한시 모두 자연 속에서 느끼는 홍취와 감상을 노래한 것으로, 이런 주제들은 우리가 기존에 보아왔던 다른 한시와 크게 다르지 않다. 이 한시보다는 감옥에서 쓴 오언절구의 한시가 더 가슴에 와닿는다.

寄學生　　어느 학생에게
기 학 생

瓦全生爲恥　치사스럽게 사는 것은 오히려 치욕이니
와 전 생 위 치
玉碎死亦佳　옥같이 부서지면 죽어도 보람인 것을
옥 쇄 사 역 가
滿天斬荊棘　칼 들어 하늘 가린 가시나무를 베어내고
만 천 참 형 극
長嘯月明多　휘파람 길게 부니 달빛 또한 많구나
장 소 월 명 다

김종균의 〈만해 한용운의 시조〉(1980) 논문에서 한글 번역을 인용함.

감옥에 갇혀서도 기개를 잃지 않는 한용운의 기백이 느껴진다. 〈옥중감회〉라는 칠언절구의 한시에서도 '물처럼 맑은 심정 티끌 한 점 없기를 / 철창에 밝은 달 새로 돋는다 / 근심과 기쁨이 본래 공이요 마음만 있으니 / 석가도 원래는 평범한 사람'(김종균, 〈만해 한용운의 시조〉)이라며 일제의 탄압에 굴복하지 않는 굳센 절개를 노래하고 있다.

2) 시조

한용운은 한시와 마찬가지로 시조에서도 자연과의 교감을 다룬 작품과 선시류(불교의 선사상을 담고 있는 시)의 시조를 주로 썼다.

산(山)집의 일없는 사람 가을 꽃을 어여삐 여겨

지는 햇빛 받으려고 울타리를 잘랐더니
서풍이 넘어와서 꽃가지를 꺾더라

〈추화(秋花)〉

시조 역시 기존 시조의 틀에서 크게 벗어나지 못한 것으로 보인다. 다만 〈사랑〉은 시집 《님의 침묵》의 주제와 연결된다는 점에서 주목할 만하다.

봄물보다 깊으리라 가을산보다 높으리라
달보다 빛나리라 돌보다 굳으리라
사랑을 묻는 이 있거든 이대로만 말하리

〈사랑〉

3) 소설

한용운은 한시, 시조, 자유시 등의 운문뿐만 아니라 소설도 썼다. 1924년에 집필한 것으로 추측되는 〈죽음〉을 시작으로, 신문이나 잡지 등에 5편가량의 소설을 연재했다. 1935년부터 조선일보에 《흑풍》을 연재했고, 이듬해 1936년에는 조선중앙일보에 《후회》를 연재했는데 신문이 폐간되면서 자연스레 연재가 중단되었다. 그 후 1937년에는 《불교》에 《철혈미인》을 연재하다가 미완의 상태로 연재를 중단했으며, 1938년부터 조선일보에 《박명》을 연재했다.

한용운이 본격적으로 소설을 집필한 것으로 보이는 시기는 《흑풍》을 연재한 1935년부터이다. 이 시기는 박태원이나 채만식으로 대표되는 근대적 사실주의나 모더니즘 계열의 작품들이 문학계의 주요 지평으로 평가받던 때이다. 그런 흐름 속에서 한용운의 소설은 빼어나거나 새롭지는 않았다. 한시, 시조, 소설 모두 나름의 장점이 있으나 《님의 침묵》 시집 속의 시만 못한 것이 사실이다.

이렇듯 많은 작품을 남긴 한용운은 《님의 침묵》의 맺음말 형식의 시 〈독자에게〉에서 이런 당부를 한다. 자신의 시가 독자의 손자에게까지 읽히지 않기를 바란다고. 자신의 시를 읽는 것이 "늦은 봄의 꽃 수풀에 앉아서 마른 국화를 비벼서 코에 대이는 것과 같"이 뒤늦은 일이고 의미 없는 일이었으면 좋겠다고 말이다. 또 지금은 비록 밤이지만 무거운 그림자는 서서히 엷어가며 새벽종이 울리기를 기다린다고 했다. 어두운 시대가 사라지고 자신의 시가 새로운 시대와 어울리지 않기를 바란 것일 테다.

그러나 그 당부가 무색할 정도로 한용운의 시는 오늘날 우리에게 널리 읽히고 있다. 아마 그의 시는 우리의 손자 대까지도 사랑받을 것이다. 나와 '님'의 사랑이 계속되는 한 그의 시는 영원히 읽히게 될 테니 말이다.

02

키워드로 읽는 한용운 시

님의 침묵

이별은 미의 창조

알 수 없어요

나의 길

나룻배와 행인

행복

비밀

해당화

당신을 보았습니다

복종

정천한해

첫 키스

님의 얼굴

찬송

논개의 애인이 되어서 그의 묘에

사랑하는 까닭

달을 보며

나의 꿈

수의 비밀

사랑의 끝판

님의 침묵

님은 갔습니다 아아 사랑하는 나의 님은 갔습니다

푸른 산빛을 깨치고 단풍나무 숲을 향하여 난 작은 길을 걸어서 차마 떨치고 갔습니다

황금의 꽃같이 굳고 빛나던 옛 맹서는 차디찬 티끌이 되어서 한숨의 미풍에 날아갔습니다

날카로운 첫 '키스'의 추억은 나의 운명의 지침을 돌려 놓고 뒷걸음쳐서 사라졌습니다

나는 향기로운 님의 말소리에 귀먹고 꽃다운 님의 얼굴에 눈멀었습니다

사랑도 사람의 일이라 만날 때에 미리 떠날 것을 염려하고 경계하지 아니한 것은 아니지만 이별은 뜻밖의 일이 되고 놀란 가슴은 새로운 슬픔에 터집니다

그러나 이별을 쓸데없는 눈물의 원천을 만들고 마는 것은 스스로 사랑을 깨치는 것인 줄 아는 까닭에 걷잡을 수 없는 슬픔의 힘을 옮겨서 새 희망의 정수박이에 들어부었습니다

우리는 만날 때에 떠날 것을 염려하는 것과 같이 떠날 때에 다시 만날 것을 믿습니다

아아 님은 갔지마는 나는 님을 보내지 아니하였습니다
제 곡조를 못 이기는 사랑의 노래는 님의 침묵을 휩싸고 돕니다

맹서 '맹세'의 원말

정수박이 정수리. 머리 위의 숫구멍이 있는 자리

님은 갔습니다

사랑하는 님이 떠났다. 그러나 님이 왜 떠났는지는 알 수 없다. 떠났다는 것은 만났다는 것인데 어떻게 만났는지도 알 수 없다. 날카로운 첫 키스의 추억으로 화자의 운명을 바꾸어 놓고선 그 모든 걸 물거품으로 만든 채 님은 떠났다. 님이 떠나자 황금의 꽃같이 빛나던 맹서 역시 티끌이 되고 만다. 사랑하는 님과의 이별로 이 시는 시작한다.

작은 길

님이 떠나는 길은 작은 길이다. 이것으로 보아 넓고 화려하고 미래가 보장되는 길을 가는 것 같지는 않다. 더군다나 '차마 떨치고 가'는 것을 보니 님도 떠나고 싶지 않은가 보다. 차마는 '애틋하고 안타까워서 감히'라는 뜻도 있지만 님도 이별하기 싫지만 어쩔 수 없이 '참으며 갔다'는 의미이기도 하다. 떠나기 싫은 님의 마음을 중의법을 활용해 표현한 것이다. '작은 길'과 '차마'를 통해 님 또한 이 이별을 어찌할 수 없는 상황으로 인식하고 떠난다는 것을 알 수 있다.

사랑도 사람의 일

화자는 사랑에 빠져 귀도 먹고 눈도 멀었다. 그런데도 화자는 이별을 염려한다. 사랑도 사람의 일이기에 언제 어떤 일이 일어날지 몰라 화자는 불안하기만 하다. 염려한 대로 이별은 결국 현실이 되었고 화자는 슬픔에 빠진다. 그러나 이 슬픔의 눈물이 사랑을 깨치게 하는 것임을 알기에 슬픔을 희망으로 바꾸려 한다.

님의 침묵

회자정리 거자필반. 만나면 헤어지고 헤어지면 다시 만난다는 말이다. 비록 님은 떠났지만 화자는 님을 다시 만날 것을 믿는다. 님의 실체는 떠났어도 화자의 마음에는 여전히 님이 남아 있다. 아직도 님을 잊지 못하고 사랑하고 있는 것이다. 이런 면에서 화자는 님을 보내지 않았다. 그러나 떠난 님은 말이 없다. 말없는 님의 침묵 사이로 화자의 사랑만 흘러넘친다.

이 시는……

사람 사는 일이라는 게 대부분 그렇다. 만나고 헤어지고 또다시 만나서 사랑하는 일의 연속. 그런데 이상하게도 만나는 것보다 헤어지는 게 늘 더 어렵다. 사랑보다 이별이 더 힘들다. 이렇듯 어렵기만 한 이별. 이 시는 이별, 그리고 이별을 대하는 자세에 관한 시이다.

님은 떠난다. 사랑하는 나의 님이 떠난다. 푸른 산빛을 깨치고 단풍나무 숲을 향하여 난 작은 길로 떠난다. 님이 떠나자 사랑한다던 맹서는 차디찬 티끌이 되고 만다. 날카로운 첫 키스의 추억도 사라져버린다. 나는 님에게 귀도 먹고 눈도 멀었는데 님이 떠나버린 것이다. 나의 운명을 바꾸어 놓은 채.

사랑도 사람의 일이라 님을 사랑하면서도 늘 헤어질 것을 염려했다. 그 염려대로 님과는 결국 이별하게 되었다. 마음의 준비를 해 봐도 이별은 슬프기만 하다. 하지만 돌연 깨닫는다. 그 슬픔의 눈물이 나로 하여금 사랑을 깨치게 하리라는 것을.

회자정리 거자필반. 비록 지금은 님이 떠났지만 언젠가 다시 돌아올 것이라는 믿음이 내 마음에 가득하다. 님의 몸은 이미 떠나고 없지만 님을 사랑하는 내 마음은 여전하다. 여기에 없는 님은 언제 온다거나, 꼭 오겠다거나 하는 말은 한마디도 하지 않은 채 침묵 속에 있지만, 나는 님이 올 것을 믿는다. 그러므로 님을 향한 사랑의 마음은 님의 침묵을 휩싸고 돈다.

우리는 언제나 사랑을 한다. 그것이 조국이건, 부처이건, 진리이건, 연인이건 사랑을 한다. 그러나 그 사랑은 영원하지 않다. 어떤 이유에서건 사랑이 끝나는 시기는 반드시 온다. 그럴 때 사람들은 슬픔에 휩싸인다. 슬픔에 휩싸여 그 사랑을 증오하게 되기도 한다. 그러나 이 시의 화자는 님과의 이별을 담담하게 받아들인다. 사랑하는 사람과의 이별에서 슬픔을 느끼지만 그것을 분노와 증오로 바꾸지 않고 그대로 감내한다.

이 시에서 이별은 귀착점이 아니다. 슬픔도, 증오도, 사랑의 종말도 아니다. 이별은 다시 사랑을 시작하는 출발점이다. 그러므로 초연하게 님과의 재회를 기다릴 수 있다.

이별은 미의 창조

이별은 미의 창조입니다

이별의 미는 아침의 바탕(質) 없는 황금과 밤의 올(糸) 없는 검은 비단과 죽음 없는 영원의 생명과 시들지 않는 하늘의 푸른 꽃에도 없습니다

님이여 이별이 아니면 나는 눈물에서 죽었다가 웃음에서 다시 살아날 수가 없습니다 오오 이별이여

미는 이별의 창조입니다

이별은 미의 창조

이별은 아름다움을 창조하는 원인이나 원천이 될 수 있을까? 대개 이별은 사람을 슬프게 하고 절망하게 한다. 사랑의 끝을 이별로 받아들이기 때문이다. 이 사랑의 끝 지점에서 사람들은 힘들어한다. 그런데 화자는 이별을 미의 창조라고 말한다. 정말 그럴 수 있을까? 이별은 정말 아름다움을 창조할 수 있을까?

이별의 미

이별의 미는 황금에도, 검은 비단에도, 생명에도, 꽃에도 없다고 한다. 왜 이런 것들에는 이별의 미가 없는 걸까? 이별의 미, 곧 이별의 아름다움은 만남을 전제로 한다. 다시 만날 수 있기 때문에 이별이 아름다운 것이다. 아침, 밤, 죽음, 시듦은 황금과 검은 비단과 생명과 꽃을 가치 있고 아름답게 만드는 것들이다. 만남이 이별을 아름답게 만드는 것처럼. 그런 것이 없다는 것은 만남 없는 이별과 같고, 그것은 결코 아름다울 수 없다.

재생

이별이 이별인 채 아름다운 것은 아니다. 이별이 주는 절망이나 슬픔을 이겨내고 나서야 이별은 아름다울 수 있다. 눈물에서 죽었다가 다시 태어날 수 있을 때 이별은 아름다운 것이다. 그래서 이별은 '눈물에서 죽었다가 웃음에서 다시 살아나'게 하는 재생의 과정이다. 더 높고 큰 차원의 사랑을 위해서 이별이 필요한 것이다.

미는 이별의 창조

이별이 아름다움을 만들어내듯이 아름다움도 이별을 만들어낸다고 화자는 말한다. 1행의 '이별은 미의 창조'라는 말에 공감할 수 있었다면 미가 이별을 창조한다는 4행도 이해할 수 있다. 수미상관의 구조를 통해 이별이 미를 만들고 미가 이별을 만듦을 이 시는 이야기한다. 그렇다면 '미'는 결국 '만남'을 의미하는 것이 아닐까?

이 시는……

사랑이 어려운 이유는 사랑 뒤에 오는 이별 때문이다. 누군가를, 혹은 무엇인가를 변함없이 사랑하며 사는 사람도 있겠지만 대부분의 사람들은 사랑하는 대상과 이별하게 되는 순간을 맞이한다. 이 시는 그 이별을 어떻게 맞이해야 하는지 이야기한다. 시의 화자는 말한다. 이별은 슬프지만 슬프기만 한 것은 아니라고. '이별이 아니면 눈물에서 죽었다가 웃음에서 다시 살아날 수가 없'기 때문이다. 이별은 죽음만큼 절망적인 일이지만 이 절망에서 벗어나 다시 살아난다면 이별은 아름다울 수 있다.

이 시에서 이별은 재생의 과정이다. 이별의 절망을 뛰어넘을 수 있을 때 우리는 이별의 눈물을 사랑의 웃음으로 만들 수 있다. 우리가 일상에서 소중하게 여기는 황금, 비단, 생명, 꽃보다도 이별이 더 아름답다. 이별은 죽음이 없는 영원의 생명보다도, 시듦이 없는 하늘의 푸른 꽃보다도 가치가 있다. 이별은 죽음을 통해 새롭게 성장하기 때문이다. 재생을 통한 성장이 있기에 이별은 황금, 비단, 생명, 꽃보다 아름답다.

이별은 누구라도 슬픈 법이다. 그러나 이 이별 속에서 빠져나오지 못한다면 이별은 쓸모없는 것이 되고 만다. 누구에게나 아픔이 되는 이 이별을 극복할 수 있을 때 역설적으로 사랑은 지속될 수 있다. 죽을 만큼 힘겨운 시간을 이겨냈을 때 이별은 아름다움을 창조할 것이다.

알 수 없어요

바람도 없는 공중에 수직의 파문을 내이며 고요히 떨어지는 오동잎은 누구의 발자취입니까

지리한 장마 끝에 서풍에 몰려가는 무서운 검은 구름의 터진 틈으로 언뜻언뜻 보이는 푸른 하늘은 누구의 얼굴입니까

꽃도 없는 깊은 나무에 푸른 이끼를 거쳐서 옛 탑 위의 고요한 하늘을 스치는 알 수 없는 향기는 누구의 입김입니까

근원은 알지도 못할 곳에서 나서 돌부리를 울리고 가늘게 흐르는 작은 시내는 굽이굽이 누구의 노래입니까

연꽃 같은 발꿈치로 갓이없는 바다를 밟고 옥 같은 손으로 끝없는 하늘을 만지면서 떨어지는 해를 곱게 단장하는 저녁놀은 누구의 시입니까

타고 남은 재가 다시 기름이 됩니다. 그칠 줄을 모르고 타는 나의 가슴은 누구의 밤을 지키는 약한 등불입니까

갓이없는 가없는. 끝이 없는.

알 수 없어요

'알 수 없어요'라는 이 시의 제목은 소중한 대상인 '누구'를 완전히 알 수 없다는 겸허한 고백이다. '누구'가 누구인지 모른다고 하지만 전혀 모르는 것은 아니다. 스무고개를 하듯 제대로 알 수 없는 존재인 '누구'를 하나하나 밝혀나가며 이 시는 진행된다. 경어체 표현은 '누구'를 절대적 존재로 각인시키고, 의문형 표현은 '누구'에 대한 호기심을 자극한다.

누구

'누구'는 누구인가? 떨어지는 오동잎은 누구의 발자취이고, 언뜻언뜻 보이는 푸른 하늘은 누구의 얼굴이다. 알 수 없는 향기는 누구의 입김이고, 작은 시내는 누구의 노래이고, 저녁놀은 누구의 시이다. 이렇듯 '누구'는 자연 현상 속에서 그 모습을 드러낸다.

감각적 표현

이 시는 누구의 모습을 다섯 가지 모습으로 형상화하고 있다. 오동잎과 푸른 하늘은 시각으로, 입김은 후각으로, 시내는 청각으로, 저녁놀은 촉각으로 형상화하고 있다. 누구의 모습은 처음에는 발자취로만 찾을 수 있었으나 먼빛으로 얼굴이 보인다. 그렇게 눈으로, 코로, 귀로 느끼다가 끝내 만질 수 있는 촉각으로 다가온다. 다양한 감각을 통해 '누구'는 점점 화자에 가까워진다. 눈으로 볼 수 있는 존재였다가, 코로 귀로 느낄 수 있는 존재였다가, 몸으로 느낄 수 있는 존재가 된다.

약한 등불

화자는 '누구'를 지키려는 존재이다. 지키고자 하는 '누구'에 대해서 제대로 알지 못하지만 어찌 됐건 그 존재를 지키고 싶어 한다. '누구'의 어두운 밤을 지키려고 한다. 그러나 화자의 존재는 약한 등불과 같다. 밤을 지키기에도, 절대적인 존재인 '누구'를 지키기에도 미약하다.

이 시는······

세상에는 알 수 없는 것들이 많다. 모든 것을 다 알고 살 수는 없지만 그래도 알고 싶은 것들이 있다. 이 시의 화자는 '누구'에 대해 알고 싶어 한다. '누구'에 대해 잘 알 수는 없지만 화자는 자연 현상 속에서 '누구'를 찾아낸다. 화자는 단정하지 않고 묻는 형식을 취한다. 대답을 원하는 질문이 아니라 설의적인 표현으로, 읽는 독자도 다시 한번 생각하게 한다.

고요히 떨어지는 오동잎에서 '누구'의 발자취를 찾아낸다. 바람도 없는 날, 오동잎이 떨어진다. 아무 움직임도 없을 것 같은 고요함 속에서 파문을 내며 떨어지는 그 오동잎의 움직임이 '누구'의 발자취 같다. '누구'는 오동잎처럼 고요한 발자취를 남기며 걷는다. 고요함 속에서 일어나는 작은 움직임 같은 흔적이 '누구'의 발자취인 것이다. 보이지 않으나 엄연히 존재하는 존재가 '누구'이다. 시각적인 심상이 산뜻하다.

무서운 검은 구름 사이로 언뜻 보이는 푸른 하늘에서 '누구'의 얼굴을 찾아낸다. 맑은 하늘을 찾아볼 수 없는 긴 장마 끝에 언뜻 푸른 하늘이 보인다. 지리하고 무서운 장마는 끝나지 않을 것 같은데 끝이 난다. 그 끝에 나오는 푸른 하늘이 '누구'의 얼굴 같다. 권태로움과 공포의 순간. 그 권태로움과 공포를 뚫고 나오는 원형 그대로의 하늘. 진리 같은 푸른 하늘. '누구'의 얼굴 같다.

아주 오래된 나무는 깊게 뿌리를 내렸을 듯하다. 그 나무에 오래도록 낀 이끼쯤에서 시작했을 향기가 옛 탑 위 하늘을 스친다. 이 알 수 없는 향기가 '누구'의 입김 같다. 인간의 지혜로 도저히 파악할 수 없는 향기. 저 먼 시원(始原)을 가진 향기. 이 향기가 '누구'의 향기이다. 후각적 심상으로 '누구'를 냄새로 느끼게 한다.

저 먼 곳, 근원도 알 수 없는 곳에서 시작된 물줄기. 돌부리와 더불어 흐르는 물줄기의 경쾌한 소리는 '누구'의 노래 같다. 물줄기는 가늘게 흐르지만 굽이굽이 세상을 시원하게 적신다. 세상을 즐겁게 만드는 물줄기 소리는 소곤소곤 조곤조곤한 '누구'의 노래 같다. 청각적 심상으로 '누구'를 소리로 느끼게 만든다.

바다와 하늘을 물들이며 떨어지는 해를 곱게 단장하는 저녁놀은 '누구'의 시 같다. 시는 사람들의 삶에 아름다운 의미를 부여한다. 고운 저녁놀을 보며 따뜻한 감성을 느끼는 사람들의 모습 그 자체가 꼭 '누구'의 시 같다. 밟고 만지고 단장한다는 촉각적인 표현을 통해 '누구'를 만지는 듯한 느낌을 준다.

이 시는 다양한 자연 현상을 통해 '누구'의 모습을 찾는다. 오동잎과 하늘, 향기와 시냇물 그리고 저녁놀을 다양한 감각으로 변주하면서 조금씩 조

금씩 '누구'의 실존적 모습에 접근하고 있다. 화자에게 '누구'는 절대적인 존재인 듯하다. 그런데 그 존재가 지금 밤의 상황이다. 시련을 겪고 있다. 그래서 화자는 이 '누구'의 밤을 몰아내기 위해 자신의 가슴에 약한 등불을 밝히고자 한다. 미약한 힘이나마 최선을 다해 '누구'를 둘러싼 밤을 몰아내고자 한다. 타고 남은 재가 되더라도 말이다. 이 재가 결국엔 다시 기름이 될 수 있음을 믿기에 영원히 '누구'의 밤을 지키고 싶어 한다.

나의 길

이 세상에는 길도 많기도 합니다

산에는 돌길이 있습니다 바다에는 뱃길이 있습니다 공중에는 달과 별의 길이 있습니다

강가에서 낚시질하는 사람은 모래 위에 발자취를 내입니다 들에서 나물 캐는 여자는 방초를 밟습니다

악한 사람은 죄의 길을 좇아갑니다

의 있는 사람은 옳은 일을 위하여는 칼날을 밟습니다

서산에 지는 해는 붉은 놀을 밟습니다

봄 아침의 맑은 이슬은 꽃머리에서 미끄럼 탑니다

그러나 나의 길은 이 세상에 둘밖에 없습니다

하나는 님의 품에 안기는 길입니다

그렇지 아니하면 죽음의 품에 안기는 길입니다

그것은 만일 님의 품에 안기지 못하면 다른 길은 죽음의 길보다 험하고 괴로운 까닭입니다

아아 나의 길은 누가 내었습니까

아아 이 세상에는 님이 아니고는 나의 길을 내일 수가 없습니다

그런데 나의 길을 님이 내었으면 죽음의 길은 왜 내셨을까요

방초 향기롭고 꽃다운 풀.

칼날을 밟다 위험을 무릅쓰다.

길

사람이나 동물 또는 자동차 따위가 지나갈 수 있게 땅 위에 낸 일정한 너비의 공간을 길이라 한다. 그러나 이러한 눈에 보이는 길뿐만 아니라 눈에 보이지 않는 무형의 길도 있다. 유형의 길이든, 무형의 길이든 모든 존재는 길을 간다. 길은 막히지 않고 열려 있으며, 길은 언제나 필요에 의해 만들어진다. 모든 존재는 필요에 따라 길을 만들고 그 길을 간다.

여러 길

화자는 이 세상에 많은 길이 있음을 이야기한다. 눈에 보이는 산길과 뱃길을 이야기하고, 달과 별이 흘러가는 길도 있음을 이야기한다. 그러나 이런 길도 처음부터 존재한 건 아니었다. 낚시하는 사람이 모래를 밟거나, 나물 캐는 여자가 향기로운 풀을 밟으면서 새로운 길이 만들어진 것이다. 그뿐만이 아니다. 죄의 길, 의로운 길처럼 눈에 보이지 않는 길도 존재한다. 서산에 지는 해는 붉은 놀의 길을 만들고, 맑은 이슬은 꽃에서 미끄러지며 길을 내기도 한다.

나의 길

수많은 길 가운데 나의 길은 둘밖에 없다. 님의 품에 안기는 길과 죽음의 품에 안기는 길뿐이다. 님의 품에 안기지 못하면 죽음의 길보다 험하고 괴롭다고 한다. 차라리 죽는 것이 낫다고 한다. 그러므로 나의 길은 결국엔 하나뿐이다. 님을 사랑하고 님과 함께하는 길. 그 말은 곧 님이 아니면 나의 삶은 의미가 없다는 말이기도 하다. 내가 걷는 길의 끝에는 님이 있고, 그 품에 안기는 길이 나의 길이다.

죽음의 길

나의 길은 님의 품에 안기는 길과 죽음의 품에 안기는 길, 두 길밖에 없다. 나의 길은 님이 존재해야 의미가 있다. 나의 길은 당연히 님의 품에 안기는 길뿐인데, 죽음의 길은 누가 낸 것일까. 나의 길은 님이 아니면 의미가 없으므로 당연히 님이 낸 길일 텐데, 그렇다면 죽음의 길은 왜 만든 것일까? 화자는 투정과도 같은 이 물음을 통해 님만을 사랑하고 따르겠다고 고백한다.

이 시는……

세상에는 참 많은 길이 있다. 사람들이 다니는 곳에만 길이 있는 것이 아니다. 산에는 산에 오를 수 있는 돌길이 있다. 전혀 길이 없을 것 같은 바다에도 뱃길이 있다. 공중에도 길이 있다. 달과 별이 흘러가는 길이 있다. 이 길들도 처음부터 길은 아니었다. 수없이 많은 존재들이 다니며 만든 길이다. 낚시질하는 사람들이 모래사장에 내는 발자취도 계속 밟다 보면 길이 될 것이다. 나물 캐는 여자가 들에서 방초를 밟고 다닌 자취도 언젠가 길이 될 것이다.

눈에 보이는 길만 있는 것은 아니다. 사람들이 살아가는 모습도 길이다. 악한 사람들이 죄를 지으며 살아가는 것은 죄의 길이다. 의로운 사람이 옳은 일을 위해 칼날을 밟는 듯 위태롭게 걸어가는 삶도 길이다. 서산에 지는 해는 붉은 저녁놀의 길을 낸다. 봄 아침의 맑은 이슬은 꽃머리에서 미끄러지면서 길을 낸다.

세상에는 참으로 많은 길들이 있다. 그런데 '나의 길'은 많지 않다. 화자가 가고 싶은 길은 님의 품에 안기는 길뿐이다. 님을 사랑하고, 님을 사랑하며 살고 싶은 것이 '나의 길'이다. 그래서 님의 품에 안기는 길을 가지 못하면 죽음보다 험하고 괴롭다. 님의 품에 안기는 길을 가지 못하면 죽음의 길을 가야 한다.

그런데 여기서 한 가지 문제가 더 생긴다. '나의 길'은 님을 따르는 길이고 내 길은 님만이 알고 있기에, 님이 아니면 '나의 길'을 낼 수가 없다. 그래서 화자는 묻는다. 님이 '나의 길'을 내었다면 왜 죽음의 길도 내었냐고. 그러나 이 물음은 투정이다. 님만을 사랑하고 님만을 따르겠다는, 그렇지 못하면 죽겠다는 투정이다.

이 시는 님을 사랑하고, 님의 길을 따르겠다는 의지를 표현한 시이다. 세상에는 수많은 길들이 있지만 화자에게는 님을 사랑하는 길만이 있을 뿐이라는 고백이다.

나룻배와 행인

나는 나룻배
당신은 행인

당신은 흙발로 나를 짓밟습니다
나는 당신을 안고 물을 건너갑니다
나는 당신을 안으면 깊으나 옅으나 급한 여울이나 건너갑니다

만일 당신이 아니 오시면 나는 바람을 쐬고 눈비를 맞으며 밤에서 낮까지 당신을 기다리고 있습니다
당신은 물만 건너면 나를 돌아보지도 않고 가십니다그려
그러나 당신이 언제든지 오실 줄만은 알아요
나는 당신을 기다리면서 날마다 날마다 낡아갑니다

나는 나룻배
당신은 행인

나룻배와 행인

나와 당신의 관계는 나룻배와 행인 같은 사이다. 나룻배는 지나가는 행인을 태워 물을 건너게 해준다. 행인은 이 나룻배를 타고 물을 건넌 후 자신의 삶으로 돌아간다.

물의 이쪽과 저쪽을 이어주는 나룻배. 이런 나룻배를 타고 길을 건너 자신의 삶을 걷는 행인. 이 두 관계를 기본으로 시는 확장된다.

흙발

당신이 나를 대하는 태도를 가장 잘 드러낸 표현이 흙발이다. 당신은 흙발로 나룻배를 짓밟는다. 나를 함부로 대한다. 물만 건너면 뒤도 돌아보지 않고 간다. 당신은 차갑고 냉담하지만, 이를 인식하지도 못한다. 당신은 나의 존재도 알아차리지 못한다. 물을 건너게 해줘도 고마워하지 않는다. 그래도 나는 아랑곳하지 않고 당신을 건너주고, 당신이 다시 오기를 기다린다.

여울

당신은 나를 함부로 대하지만 나는 당신에게 헌신적이다. 당신은 나를 흙발로 짓밟지만, 나는 물이 깊거나 얕거나 급하거나 잔잔하거나를 막론하고 당신을 위해 물을 건너간다.

물살이 빠르게 흐르는 급한 여울 같은 위험한 곳에서도 당신을 안고 물을 건넌다. 그리고 당신이 올 때까지 한없이 기다린다. 그 순간만이 당신을 만날 수 있는 시간이기 때문이다. 그래서 당신이 나를 짓밟아도 기쁜 마음으로 강을 건널 수 있는 것이다.

낡아갑니다

낡아간다는 표현은 참으로 매력적이다. 당신을 기다리며 늙어가는 나의 모습을 나룻배라는 상징을 활용해 '늙어간다'가 아닌 '낡아간다'고 표현한다. 늙어가는 것과 낡아가는 것의 차이를 느끼는 것도 이 시의 또 하나의 매력이다.

'낡아갑니다'는 당신을 기다리는 나의 모습이다. 나는 어떠한 어려움 속

에서도 당신을 기다린다. 그러나 당신은 이를 외면하고 무심하게 떠나버린다. 그럴지라도 나는 당신이 언젠가 오실 거라 믿으며 당신을 기다린다. 무심한 세월을 견디며 당신을 기다린다. 낡아간다.

이 시는……

사랑은 기다림의 연속이다. 끊임없이 기다려야 하는 것이 사랑이다. 기다리다가 화자처럼 낡아가는 것이 사랑이다. 그리고 그 기다림의 시간마저 행복한 것이 사랑이다. 이 시는 나룻배와 행인이라는 은유를 통해 사랑의 방식(자세)을 이야기한다.

나룻배는 강을 건너게 해주는 수단이다. 물을 건너고자 하는 행인에게는 나룻배가 필요하다. 나룻배 없이는 길을 더 갈 수가 없다. 길을 가고자 하는 행인이라면 언제든 나룻배를 만날 수밖에 없다. 나룻배 또한 행인이 없으면 존재 가치가 사라진다. 나룻배가 행인을, 행인이 나룻배를 만나는 것은 숙명이다.

그런데 행인은 나룻배를 함부로 대한다. 흙발로 짓밟는다. 물을 건너고 난 후에는 돌아보지도 않고 떠난다. 그럼에도 나룻배는 그런 행인을 안고 물을 건너간다. 어떤 상황에서도 행인을 태워 강의 저편으로 건네준다. 나룻배는 대가를 바라지 않는다. 다만 행인이 새로운 길을 갈 수 있도록 도와준다. 그러고는 한없이 기다린다. 바람을 견디고 눈비를 맞으며 기다린다. 밤에서 낮까지 기다린다. 낮에서 밤까지 기다리는 것이 아니라 밤에서 낮까지 기다린다. 나룻배에게는 행인이 오지 않는 시간이 밤이며, 행인이 오고 나서야 비로소 환한 낮이 된다.

나룻배는 왜 행인을 기다릴까? 행인이 흙발로 짓밟고 돌아보지도 않고 떠나버리는데도 왜 행인을 기다릴까? 나룻배에게 행인은 님과 같은 존재이다. 설사 흙발로 짓밟는다 해도 만나는 그 순간, 그 모든 걸 잊고 행복감만을 느낀다. 흙을 잔뜩 묻힌 채 들어올지라도 행인이 나룻배 안으로 발을 내딛는 순간, 나룻배는 님을 만날 수 있다. 그러니 행복할 수밖에.

이 시는 나룻배와 당신이라는 은유를 통해 한없이 기다릴 수밖에 없는 나의 숙명을 이야기한다. 기다림에 지쳐서 낡아갈 수밖에 없는 사랑의 숙명을 이야기한다. 남녀의 사랑이든, 부모 자식 간의 사랑이든, 부처이든, 조국이든, 누군가를 사랑하며 늙어가는 사랑의 숙명을 이야기한다.

우리는 누군가를 사랑하고, 기다리며 늙어간다. 낡아간다. 그래도 그 누군가를 사랑하는 순간은, 기다리는 순간은 행복하다. 깊으나 옅으나 급한 여울이나 기쁘다. 바람을 쐬고 눈비를 맞으며 밤에서 낮까지 기다리는 그 순간은 행복하다. 사랑은 그런 것이다.

행복

나는 당신을 사랑하고 당신의 행복을 사랑합니다 나는 온 세상 사람이 당신을 사랑하고 당신의 행복을 사랑하기를 바랍니다

그러나 정말로 당신을 사랑하는 사람이 있다면 나는 그 사람을 미워하겠습니다 그 사람을 미워하는 것은 당신을 사랑하는 마음의 한 부분입니다

그러므로 그 사람을 미워하는 고통도 나에게는 행복입니다

만일 온 세상 사람이 당신을 미워한다면 나는 그 사람을 얼마나 미워하겠습니까

만일 세상 사람이 당신을 사랑하지도 않고 미워하지도 않는다면 그것은 나의 일생에 견딜 수 없는 불행입니다

만일 온 세상 사람이 당신을 사랑하고자 하여 나를 미워한다면 나의 행복은 더 클 수가 없습니다

그것은 모든 사람의 나를 미워하는 원한의 두만강이 깊을수록 나의 당신을 사랑하는 행복의 백두산이 높아지는 까닭입니다

행복

화자인 나는 당신의 행복을 사랑한다. 나는 온 세상 사람들이 당신을 사랑하고 당신의 행복을 사랑하기를 소망한다. 그런데 이율배반적으로 화자는 세상 사람이 당신을 사랑한다면, 자신은 그 사람을 미워할 거라고 말한다. 그런데 그 미움도 나에게는 행복이라고 말한다.

이 시는 당신의 행복보다 나의 행복에 초점이 맞춰져 있다. 나는 어떨 때 행복을 느끼는지가 이 시의 핵심이다.

사랑

사랑만큼 다양한 모습을 가진 것도 없다. 한없이 부드럽고 따뜻하기도 하지만, 한없이 질투하고 미워하는 것이 사랑이다. 나는 당신을 한없이 사랑해도 되지만 다른 사람은 그러면 안 된다. 당신은 멋지기 때문에 온 세상 사람들이 당신을 사랑할 수밖에 없겠지만, 막상 그렇게 된다면 나는 그 사람을 미워할 수밖에 없다. 다른 사람을 미워하는 그 고통까지도 나에게는 사랑이고 행복이다.

미움

나는 당신을 사랑하는 사람도 미워하고 당신을 사랑하지 않는 사람도 미워한다. 당신을 사랑해서 미워하고, 당신을 미워해서 미워한다. 이 미워하는 마음도 당신을 사랑하는 마음의 한 형태라고 한다. 그래서 미움의 고통도 행복이라고 말한다. 또한 세상 사람들이 당신을 사랑하고자 해서 나를 미워한다면 그 역시 나의 행복이라고 말한다. 그것이 계기가 되어 내가 당신을 더욱 사랑하게 될 것임을 알기 때문이다. 그러므로 미워하는 마음도, 미움을 받는 것도 다 행복이라 말한다.

무관심

당신 때문에 생기는 미움도 나에게는 행복이다. 그러나 세상 사람들이 당신을 사랑하지도 않고 미워하지도 않는다면 그것은 불행이다. 당신에 대한 세상 사람들의 무관심은 나에게는 불행이다. 미움보다도 더 무서운 것이 무관심이다.

이 시는……

사랑은 사랑하는 사람이 마냥 행복하기를 소망하게 한다. 사랑하는 순간, 그 대상은 세상에서 가장 존귀한 사람이 된다. 모든 사람에게 존중받고 사랑받고 축복받기를 바라게 된다. 그런데 정말로 누군가가 화자인 나처럼 당신을 사랑하게 된다면 어떻게 될까? 당신을 사랑하게 되어 나를 미워한다면 어떤 마음이 들까?

이 시의 화자는 당신을 사랑한다. 내가 사랑하는 사람이니, 존귀한 사람이니, 온 세상 사람들이 당신을 사랑하고 당신의 행복을 사랑했으면 좋겠다고 말한다. 그런데 정말로 당신을 사랑하는 사람이 있다면 미워할 수밖에 없다고도 말한다. 그 미움에 따른 고통도 사랑의 한 방식이고, 그 고통 또한 자신의 행복이라고 말한다. 온 세상 사람들에게 사랑받을 수 있을 만큼 멋진 당신이지만 나만 사랑하고 싶다고 말한다.

이런 멋진 당신을 만일 온 세상 사람들이 미워한다면 화자는 그 사람들을 미워할 수밖에 없다. 그러나 이보다 더 견딜 수 없는 것은 당신에 대한 무관심이다. 당신을 사랑하지도, 미워하지도 않는다면 그것은 정말 견딜 수 없는 불행이라고 말한다.

그러나 온 세상 사람들이 당신을 사랑하고자 화자를 미워한다면 그것은 화자의 행복이라고 말한다. 화자를 미워하는 모든 사람들의 원한이 두만강처럼 깊어진다면 화자는 행복할 것이라고 말한다. 얼마만큼 행복하냐면 백두산만큼 행복하다고 말한다. 추상적인 미움과 행복을 두만강과 백두산처럼 그 크기를 구체적으로 느낄 수 있는 표현으로 바꿔놓은 것이다.

사랑은 이중적이다. 내가 사랑하는 당신이 멋지니 온 세상 사람들이 당신을 사랑했으면 한다. 그러나 다른 사람이 당신을 사랑한다면 나는 견딜 수 없는 법이다. 내가 당신을 사랑하니까 나만 당신을 사랑해야 한다. 다른 사람이 당신을 사랑한다면 나는 그 사람을 미워할 수밖에 없다. 그 미움도 내게는 사랑이다. 질투도 사랑의 한 방식인 것처럼. 그러므로 미움받는 것도 행복이다. 당신을 사랑해서 얻는 그 모든 것들은, 좋은 것이든 나쁜 것이든 행복이다.

어떤 평론가들은 이 시에서 서여연화•를 떠올리기도 한다. 만해를 극진히 모셨던 서여연화. 스님인 만해가 서여연화를 사랑해서 이런 시가 나왔다고 한다. 그러나 이런 식의 해석은 시의 맛과 깊이를 떨어뜨린다. 만해는

• 만해가 승려 생활을 하면서 사랑한 여인이 '서여연화'이다. 만해는 1907년 금강산 건봉사에서 서여연화를 만난다. 서여연화는 독실한 불자였는데, 남편이 죽자 그 슬픔을 달래고 남편이 극락왕생하기를 바라는 뜻에서 기일마다 큰 법회를 열었다. 이때 만난 인연으로 서여연화는 만해를 사랑하게 된다. 그 후 몇 번의 만남과 헤어짐이 있었고, 1925년 만해가 《님의 침묵》을 쓸 때 서여연화가 곁에 있었다고 한다.

《님의 침묵》이란 시집에서 대중들에게 사랑의 방식을, 삶의 방식을 이야기하고자 했다. 이 시에서도 마찬가지로 사랑해서 생기는 질투 또한 사랑의 행복이라고, 사랑으로 얻어지는 희로애락 모두가 사랑이라고 역설한다.

비밀

비밀입니까 비밀이라니요 나에게 무슨 비밀이 있겠습니까
나는 당신에게 대하여 비밀을 지키려고 하였습니다마는 비밀은 야속히도 지켜지지 아니하였습니다

나의 비밀은 눈물을 거쳐서 당신의 시각으로 들어갔습니다
나의 비밀은 한숨을 거쳐서 당신의 청각으로 들어갔습니다
나의 비밀은 떨리는 가슴을 거쳐서 당신의 촉각으로 들어갔습니다
그 밖의 비밀은 한 조각 붉은 마음이 되어서 당신의 꿈으로 들어갔습니다
그리고 마지막 비밀은 하나 있습니다 그러나 그 비밀은 소리없는 메아리와 같아서 표현할 수가 없습니다

비밀

비밀은 남에게 숨겨야 하는 것, 드러내지 않아야 하는 것이다. 다른 사람은 모르는 일. 그것이 바로 비밀이다. 당신은 화자에게 혹시 비밀을 가진 것이 아니냐 하고 의심을 하나 보다. 화자는 비밀이 없다고 한다. 아니 비밀을 지키려고 했으나 지키지 못했다고 한다. 비밀은 무엇이고, 왜 비밀을 지킬 수 없었을까?

나의 비밀

나의 비밀은 이제 비밀이 아니다. 이미 당신에게 다 드러났기 때문이다. 슬픔도, 한탄도, 떨림도, 열정도, 모두 당신의 감각을 통해 당신에게 전달되고 말았다. 말하기도 전에 이미 당신은 알고 있다. 말이 아닌 감각을 통해서 말이다. 나의 비밀은 언어가 아닌 감각으로 당신에게 전해진다. 그래서 나는 나의 비밀을 당신에게 지킬 수 없었던 것이다.

드러난 비밀

당신에 대한 나의 비밀은 무엇일까? 무엇이기에 당신에게 다 드러났을까? 말이 아닌 당신의 감각을 통해 다 전달되는 비밀은 무엇일까? 당신만 생각하면 눈물이 나면서 한숨이 나고, 가슴이 떨리고, 내 가슴은 한 조각 붉은 마음이 된다. 나의 눈물, 나의 한숨, 나의 떨리는 가슴, 나의 한 조각 붉은 마음은 모두 당신에 대한 사랑일 것이다.

마지막 비밀

그래도 나에게는 마지막 비밀이 하나 있다. 그 비밀은 표현이 불가능하다. 그 비밀은 소리 없는 메아리 같기 때문이다. 소리 없는 메아리. 이 역설적인 표현은 사랑의 이중성을 잘 나타낸다. 사랑은 기쁨이며 슬픔이다. 사랑은 삶이자 죽음이다. 사랑은 이처럼 모순과 역설일 때가 많다.

이 시는……

이 시는 사랑의 비밀을 소재로 한다. 하지만 그 비밀은 비밀이 되지 못했다. 사랑하기 때문에 흘리는 눈물을 통해, 사랑의 답답함으로 생긴 한숨을 통해, 당신을 볼 때마다 떨리는 내 가슴을 통해 당신은 나의 사랑을 눈치챈다. 온몸으로 느끼게 된다.

2연은 비밀이 어떻게 드러났는지를 감각적으로 표현하고 있다. 비밀이 눈물을 거쳐서 당신의 시각으로, 한숨을 거쳐서 당신의 청각으로, 떨리는 가슴을 거쳐서 당신의 촉각으로, 그리고 붉은 마음이 되어서 님의 꿈으로 들어갔다는 표현이 참으로 매력적이다. 눈물이, 한숨이, 떨리는 가슴이, 붉은 마음이 나의 비밀이기에 말하지 않아도 당신은 이미 알고 있다.

그래도 화자에게는 아직 비밀이 하나 남아 있다. 그 비밀은 어떤 방법으로도 표현할 수 없고, 드러낼 길 없는 비밀이다. 화자가 당신에게 전하고 싶지만 전할 수 없는 비밀이다. 그래서 그 비밀은 소리 없는 메아리 같다. 말로는 형용할 수 없는 비밀.

그렇다면 이 마지막 비밀, 화자가 당신에게 전하고 싶은데 전하지 못한 비밀은 무엇일까? 그것은 당신을 사랑하는 데 따르는 어쩔 수 없는 안타까움, 아쉬움, 그리움, 기쁨 등의 감정, 즉 사랑의 희로애락이 아닐까? 당신을 사랑하는 화자의 온 마음이 아닐까?

해당화

당신은 해당화 피기 전에 오신다고 하였습니다 봄은 벌써 늦었습니다

봄이 오기 전에는 어서 오기를 바랐더니 봄이 오고 보니 너무 일찍 왔나 두려워합니다

철모르는 아이들은 뒷동산에 해당화가 피었다고 다투어 말하기로 듣고도 못 들은 체하였더니

야속한 봄바람은 나는 꽃을 불어서 경대 위에 놓입니다그려

시름없이 꽃을 주워서 입술에 대고 '너는 언제 피었니' 하고 물었습니다

꽃은 말도 없이 나의 눈물에 비쳐서 둘도 되고 셋도 됩니다

경대 거울을 버티어 세우고 그 아래에 화장품 따위를 넣는 서랍을 갖추어 만든 가구.

해당화

해당화는 5월, 봄날에 피는 꽃이다. 청초하면서도 살랑살랑하고, 애틋한 느낌을 주는 이 꽃은 주로 바닷가에서 핀다. 해변에서 바다를 향해 피는, 사랑하는 사람이 돌아오기를 기다리며 핀다는 이 꽃은 예로부터 선비들에게 많은 사랑을 받았다. 바닷가 모래에서 주로 자라는 이 꽃은 동백 못지않게 시의 소재로도 많이 쓰인다. 이 시에서 해당화는 당신이 화자에게 돌아오기로 한 약속의 징표이다.

약속

당신은 해당화가 피기 전에 온다고 약속했다. 봄이 되면 온다고 했는데 늦은 봄이 되어도 당신은 오지 않는다. 봄이 오기 전에는 얼른 봄이 와서 당신이 돌아오기를 기다렸으나, 막상 봄이 되어도 당신은 오지 않는다. 해당화가 피었는데도 당신은 오지 않는다. 그래서 화자는 해당화가 피었다고 말하는 아이들의 말을 못 들은 체한다.

듣고도 못 들은 체

화자는 왜 해당화가 피었다고 좋아하는 아이들의 말을 못 들은 척할까? 그것은 아직 화자에게는 해당화가 피지 않은 것과 같기 때문이다. 해당화가 피면 온다고 했는데 당신은 아직 오지 않는다. 해당화가 피었는데도 오지 않는다.

왜 오지 않는 걸까? 당신은 나와 했던 약속을 잊은 걸까? 아니면 더 이상 나를 사랑하지 않는 걸까? 혹시 무슨 일이 생긴 건 아닐까? 화자가 해당화가 피었다는 아이들의 말을 듣고도 못 들은 체하는 것은 약속이 지켜지지 않는 상황을 인정하고 싶지 않은 것이리라. 우리의 사랑이 지켜지지 않을 것이라는 예감을 외면하고 싶은 화자의 마음이다.

야속한 봄바람

당신이 오지 않았으니, 해당화 피면 온다던 당신이 오지 않았으니, 화자는 해당화가 피었다는 아이들의 말을 듣고도 일부러 모른 체한다. 그런데 야속한 봄바람이 불어 내 눈앞에 해당화를 밀어 놓는다. 당신은 아직 오지 않았는데…….

눈앞에 있는 해당화는 화자를 슬프게 한다. 당신을 대하듯 해당화에게 말을 걸어보지만 역시 아무 말도 없다. 화자는 눈물만 그렁하다. 참 야속한 봄바람이다.

이 시는……

화자는 당신을 기다리고 있다. 해당화가 피기 전에 오기로 한 당신. 벌써 봄은 왔는데 기다리는 당신은 오지 않고 해당화만 피었다. 이 시는 해당화가 피기 전에 오겠다고 한 약속이 지켜지지 않는 상황과 그 속에 놓인 화자의 심리를 표현한 시이다.

당신은 떠나면서 해당화가 피기 전까지 돌아온다고 약속을 했다. 그래서 추운 겨울 내내 봄이 오길 기다렸다. 봄이 오고 해당화가 피었다. 그러나 오기로 한 당신은 오지 않는다. 봄이 너무 일찍 온 건 아닌가 두렵다. 당신이 있는 곳엔 아직 해당화가 피지 않은 것이라고 믿어본다. 속도 모르는 아이들은 해당화가 피었다고 좋아하지만 화자는 그 소리를 듣고도 애써 못 들은 체한다.

하지만 봄바람에 날려 경대 위에 놓인 해당화를 보고 더는 상황을 회피할 수 없게 된다. 야속한 봄바람이라고 하지만 야속한 것은 결국 돌아오지 않는 당신이다. 꽃에 말을 거는 것도 오지 않는 당신에 대한 야속함 때문이고 그리움 때문이다. 야속함과 그리움에 눈물이 그렁그렁한 것도 어쩔 수 없는 일이다. 눈물에 해당화가 둘도 되고 셋도 되는 모습은 그리움이 더 절절해지는 것 같아 안쓰럽다.

이 시는 해당화를 매개로 당신과 나눈 약속과 그 약속이 지켜지지 않은

것에 대한 그리움의 정서를 그리고 있다. 해당화가 피기 전에 온다는 약속이 어긋난 이후, 시름에 젖은 채 해당화를 입술에 대며 님을 보듯 하는 모습이 인상적이다. 당신은 약속을 지키지 않았다. 화자는 그런 당신을 미워하기는커녕 그리운 마음만 커져간다. 해당화를 보며 눈물짓는 화자의 기다림이 먹먹하게 다가온다.

당신을 보았습니다

당신이 가신 뒤로 나는 당신을 잊을 수가 없습니다
까닭은 당신을 위하느니보다 나를 위함이 많습니다

나는 갈고 심을 땅이 없으므로 추수가 없습니다
저녁거리가 없어서 조나 감자를 꾸러 이웃집에 갔더니 주인은 '거지는 인격이 없다 인격이 없는 사람은 생명이 없다 너를 도와주는 것은 죄악이다'고 말하였습니다
그 말을 듣고 돌아 나올 때에 쏟아지는 눈물 속에서 당신을 보았습니다

나는 집도 없고 다른 까닭을 겸하여 민적이 없습니다
'민적 없는 자는 인권이 없다. 인권이 없는 너에게 무슨 정조냐' 하고 능욕하려는 장군이 있었습니다
그를 항거한 뒤에 남에게 대한 격분이 스스로의 슬픔으로 화하는 찰나에 당신을 보았습니다
아아 온갖 윤리, 도덕, 법률은 칼과 황금을 제사지내는 연기인 줄을 알았습니다

영원의 사랑을 받을까 인간 역사의 첫 페이지에 잉크칠을 할까 술을 마실까 망설일 때에 당신을 보았습니다

민적 예전에 '호적'을 달리 이르던 말.

없습니다

대체로 없음은 슬픔을 동반한다. 갖고 싶은 것을 가질 수 없을 때, 사랑하는 사람이 곁에 없을 때 우리는 슬퍼진다. 없음에서 생기는 슬픔. 바로 이 슬픔이 시의 소재가 된다. 화자는 갈고 심을 땅이 없다. 집도 없고 민적도 없다. 삶을 영위할 기본적인 것들이 없다는 말이다. 이는 당신이 없기 때문이다. 당신의 부재는 화자의 삶을 부재의 삶으로 만들었다.

갈고 심을 땅

인간의 삶에서 가장 기본이 되는 것이 무엇일까? 반론의 여지 없이 의식주를 해결하는 일일 것이다. 화자는 갈고 심을 땅이 없다. 갈고 심을 땅이 없으니 추수를 할 수가 없다. 의식주 가운데 식을 해결할 수 없다는 말이다. 화자는 또한 집이 없다. 집이 없으니 의식주 가운데 주를 해결할 수 없다. 민적은 지금으로 따지면 호적이니 '민적 없음'은 내가 살아 있음을 증명할 수 없다는 말일 테다. 집이 없고 민적이 없는 화자에게는 본질적인 거처가 없다.

인격과 인권

갈고 심을 땅, 추수, 저녁거리, 집, 민적 같은 것들은 기본적인 삶을 유지하기 위한 조건들이다. 이것들의 부재는 인격과 인권의 부재로 이어진다. 인격과 인권의 부재는 생명과 정조의 부재로 이어진다. 가난한 사람은 생명을 지킬 수 없고, 권력이 없는 사람은 정조를 지킬 수가 없다. 주인에게 모멸을 당하고, 장군에게 능욕을 당할 수밖에 없다.

당신을 보았습니다

당신은 지금 여기에 없지만 화자는 당신을 본다. 모멸감에 눈물을 흘릴 때 당신을 본다. 저항과 분노 뒤에 오는 슬픔 속에서 당신을 본다. 어떻게 살아야 할까 갈등할 때 당신을 본다. 절망 속에서, 삶의 갈등 속에서 당신을 본다. 절망과 좌절의 나락에 빠져 있을 때 당신을 본다. 절망과 슬픔의 끝에서 당신을 보면서 희망을 본다. 화자는 찰나의 순간, 당신을 보면서 희망을 본다.

이 시는……

이 시는 일제강점기에 쓰였다. 기본적인 삶을 유린당한 일제강점기의 절망적인 모습을 표현한 이 시는 백 년 가까이 지난 오늘날에도 많은 것들을 시사한다. 지금도 여전히 가난한 자는 차별당한다. 칼과 황금을 가진 자들은 그렇지 못한 사람들을 유린한다.

이 시는 당신의 부재에서부터 시작한다. 당신이 가고 홀로 남은 화자는 거지와 같은 멸시를 당한다. 인격과 생명까지 부정당한다. 마침내는 인간의 가장 기본적인 권리라고 할 수 있는 인권과 정조까지도 유린당하는 절망적인 상황에 놓이게 된다. 이 절망적인 상황에서 당신을 본다. 이 절망적인 슬픔 속에서 당신을 본다. 당신의 부재 때문에 생긴 슬픔 속에서 당신을 본다. 공동체의 구성원이 될 자격을 박탈당했을 때 당신을 본다. 주인에게 모멸을 받으면서, 장군에게 능욕을 받으면서 당신을 본다.

그러면서 깨닫는다. 세상의 온갖 윤리와 도덕, 법률 등의 사회적 규범이란 부와 권력을 위해 봉사하는 덧없는 연기 같은 것임을. 그래서 화자는 어떻게 살 것인가 갈등한다. 죽어야 할지, 민적을 만들고 지금의 삶에 적응하며 살아야 할지, 허위와 불의, 부정으로 전개된 역사를 처음부터 부정해 버릴지, 자포자기하며 그냥 살아가야 할지 갈등하면서 당신을 본다. 그러고는 당신을 보면서 제자리를 찾았다고 고백한다.

실제로 시인은 일제의 호적법에 동의하지 않았다. 그래서 민적을 만들지 않고 살았다. 시인의 삶을 투영해 볼 수 있는 이 시는 일제강점기, 우리 민족이 처한 절망적인 현실을 떠올리게 한다. 이런 면에서 이 시의 당신은 한용운의 다른 시에서보다 '빼앗긴 조국'으로서의 의미가 더 크다. 그렇지만 이렇게만 읽으면 이 시의 매력은 축소된다. 삶의 절망과 슬픔 속에서 떠올리는 당신. 삶의 갈등 속에서 떠올리는 당신. 당신은 내가 믿는 큰 무엇인가였으면 좋겠다. 내가 흔들릴 때 나를 지탱해 주는 큰 무엇인가였으면 좋겠다.

복종

남들은 자유를 사랑한다지마는 나는 복종을 좋아하여요
자유를 모르는 것은 아니지만 당신에게는 복종만 하고 싶어요
복종하고 싶은데 복종하는 것은 아름다운 자유보다도 달금합니다 그것이 나의 행복입니다

그러나 당신이 나더러 다른 사람을 복종하라면 그것만은 복종할 수가 없습니다
다른 사람을 복종하려면 당신에게 복종할 수가 없는 까닭입니다

달금하다 감칠맛이 있게 꽤 달다. '달큼하다'보다 여린 느낌을 준다.

자유

인간이 인간답게 사느냐, 아니냐를 가르는 기준은 자유일 것이다. 자유롭게 사느냐, 자유롭지 못하게 사느냐는 바꿔 말하면 인간답게 사느냐, 아니냐는 것과 다르지 않다. 이처럼 자유는 인간의 삶에서 가장 중요한 요소이다. 그런데 이 시의 화자는 자유보다 복종이 좋다고 한다. 복종하는 것이 화자의 행복이라고 한다. 당신에게 복종하는 삶은 자유보다도 더 달콤하다고 말한다.

복종

복종의 사전적 의미는 '남의 명령이나 의사를 그대로 따라서 좇음'이다. 내 의지대로 행동하는 것이 아니라 남의 의지에 맞추어 행동하는 것이다. 이 시의 화자는 자유보다 복종이 더 좋다고 말한다. 복종하고 싶어서 복종하는 것은 자유보다도 달콤하며 그것이 행복이라고 말한다.

그러나 모두에게 다 복종하겠다는 것은 아니다. 오직 당신, 당신에게만 복종하겠다고 한다. 그래서 아무리 당신이라 해도 다른 사람에게 복종하라는 말엔 따를 수 없다고 한다. 다른 사람에게 복종하면 당신에게만 복종할 수 없기 때문이다.

남들과 나

이 시는 자유와 복종, 남들과 나를 서로 대비시키며 이야기를 풀어가고 있다. '남들의 자유'와 '나의 복종'을 대비시켜 사람들이 일반적으로 좋아하는 자유보다 복종이 더 가치 있음을 이야기하고 있다.

보편적으로 사람들은 자유를 더 선호한다. 그런데 화자는 복종을 선호한다고 말한다. 왜 복종이 자유보다 더 가치 있는지를 남들과 나를 대비시켜 이야기한다.

나의 행복

화자의 행복은 당신에게 복종하는 것이다. 나의 자유, 나의 선택, 나의 의지, 나의 생각 같은 것은 모두 버리고 오로지 당신의 자유, 당신의 선택, 당신의 의지, 당신의 생각에 따라 사는 것이다. 그것이 화자의 행복이자, 아름다운

자유보다도 달콤한 삶이다.

당신에 대한 복종 역시 화자의 선택이다. 당신에 대한 절대적 믿음과 당신에 대한 절대적 사랑이 이 선택을 가능하게 한다. 나는 너이고, 네가 나인 상태. 절대적인 사랑과 믿음의 상태. 어쩌면 이러한 상태가 가장 궁극적인 자유일지도 모르겠다.

이 시는……

자유와 복종 중 하나를 선택하라면 사람들은 대부분 자유를 선택할 것이다. 그러나 이 시는 이 보편성을 뒤집는다. 화자는 자유보다는 복종을 더 선호한다. 그렇다고 누구에게나 복종하겠다는 것은 아니다. 오직 당신에게만 복종할 것이며, 그래야만 비로소 행복을 느낀다.

그러니까 화자의 복종은 자발적이다. 복종하고 싶은 대상 또한 오로지 당신뿐이다. 하지만 당신이 화자에게 다른 사람에게도 복종하라고 한다면 그것만은 따를 수가 없다. 화자가 복종해야 할 대상은 유일하게 당신이다. 다른 사람에게 복종하게 되면 당신에게만 복종하는 게 아니게 된다. 이는 화자가 복종적 태도를 선호하는 것이 아니라는 사실을 보여준다. 화자가 복종할 수 있는 건 어디까지나 그 대상이 당신이기 때문이다.

이 시에는 당신에게만 복종하고 싶다는 화자의 염원이 강렬하게 드러난다. 화자의 복종은 자발적이어서, 복종하고 싶은 대상이 오로지 당신이어서, 그 복종은 아름다운 자유보다 달콤한 행복이 된다. 그렇다면 화자는 왜 당신에게만 복종하겠다는 것일까? 당신은 화자에게 절대적인 존재이고, 사랑하는 존재이기 때문이다. 당신에게 복종하려는 것은 당신에 대한 절대적인 믿음과 사랑이 있어서이다.

자유와 복종은 대립하는 개념처럼 보이기도 하지만, 여기에서의 복종은

세속적 자유를 초월하는 자율적인 복종이다. 이 자율적인 복종은 절대적인 사랑 그리고 믿음과 결합해 최고의 자유를 만든다. 자유보다 더 자유로운 자유는 자발적인 복종으로 가능하다고 이 시는 말하고 있다.

정천한해(情天恨海)

가을 하늘이 높다기로
정(情) 하늘을 따를쏘냐
봄 바다가 깊다기로
한(恨) 바다만 못하리라

높고 높은 정 하늘이
싫은 것은 아니지만
손이 낮아서
오르지 못하고
깊고 깊은 한 바다가
병 될 것은 없지마는
다리가 짧아서
건너지 못한다

손이 자라서 오를 수만 있으면
정 하늘은 높을수록 아름답고
다리가 길어서 건널 수만 있으면

한 바다는 깊을수록 묘하니라

만일 정 하늘이 무너지고 한 바다가 마른다면
차라리 정천에 떨어지고 한해에 빠지리라

아아 정 하늘이 높은 줄만 알았더니
님의 이마보다는 낮다
아아 한 바다가 깊은 줄만 알았더니
님의 무릎보다는 얕다

손이야 낮든지 다리야 짧든지
정 하늘에 오르고 한 바다를 건너려면
님에게만 안기리라

정과 한

이 시는 사람들이 보편적으로 느끼는 감정인 정과 한에 관해 이야기한다. 사랑과 그리움으로 가득한 정(情)의 세계와 그러한 정이 상처받으면 마음에 쌓이는 한(恨)에 관해서 이야기한다. 정이 얼마나 가치 있고 한이 얼마나 사무치는지를 하늘과 바다에 빗대어 표현한 것이 신선하다.

정천한해

가을 하늘보다 높은 정 하늘, 봄 바다보다 깊은 한 바다. 추상적인 정과 한을 구체적인 하늘과 바다에 연결시킨다. 그래서 정과 한의 높이와 깊이를 구체적으로 느끼게 하면서, 이 정과 한을 눈에 보이는 것처럼 표현하고 있다. 정천한해는 사랑의 두 감정인 님에 대한 그리움과 마음에 사무치는 한이 하늘과 바다만큼 높고 깊음을 비유적으로 표현한 말이다. 이러한 정천한해가 높고 깊어 화자는 오르지 못하고 건너지 못한다.

아름답고 묘하니라

높고 깊은 정과 한이라는 감정은 님을 사랑하면 어쩔 수 없이 견뎌야 하는 감정이다. 그런데 화자는 손이 낮고 다리가 짧다. 그래서 이 감정을 극복하기가 어렵다. 화자는 정 하늘에 오르고 싶고 한 바다를 건너고 싶지만 뜻대로 되지 않는다. 그래도 사랑하는 마음인 정이 클수록 아름답다고 말한다. 견딜 수만 있다면 한도 깊을수록 묘하다고 말한다.

님에게만 안기리라

님을 그리워하는 화자의 마음이 아무리 높아도 님의 이마보다는 낮다. 님이 화자를 굽어보는 마음에 비하면 화자의 정 하늘은 비할 바가 못 된다. 화자의 가슴속에 사무친 한이 아무리 깊어도 화자의 온 마음을 너그러이 받아주는 님의 무릎보다는 얕다. 화자는 님의 드높고 심오한 세계에는 도달할 수가 없다. 그래서 화자가 정 하늘에 오르고 한 바다를 건너려면 님의 품에 안기는 수밖에 없다.

이 시는……

사랑의 감정에서 정과 한은 대립적인 감정으로 작용한다. 정이 많아지면 한은 줄어들지만, 정이 적어지면 한은 커질 수밖에 없다. 님에 대한 정이 깊을수록 한은 사그라지지만, 이루지 못하는 사랑일 경우에는 한이 깊어진다. 이 시는 대립하는 두 개념인 정과 한이 하나가 되어 님이라는 초월적 존재로 귀결되는 모습을 보여준다. 대립적 관계인 정과 한을 감정의 차원으로 풀어내는 것을 넘어 새로운 세계를 향한 정신적 승화를 시도하고 있다.

시인은 정을 하늘에, 한을 바다에 비유한다. 가을 하늘보다 높고 봄 바다보다 깊은 정 하늘과 한 바다. 이 정 하늘과 한 바다를 화자는 갈 수가 없다. 손이 낮고 발이 짧은 미약한 인간인 화자는 결코 정 하늘과 한 바다에 도달할 수 없다.

그러나 화자는 안다. 사랑이 이루어질 수만 있다면 사랑의 감정은 높을수록 아름답다는 것을. 절절한 한도 사랑으로 승화할 수만 있다면 한이 깊을수록 묘하다는 사실을. 그래서 사랑하는 감정이 사라지고 한도 사라진다면 정천에 떨어지고 한해에 빠지겠다고 말한다. 사랑도 원한도 없는 상태는 삶의 존재 의미를 상실한 것이나 마찬가지기 때문이리라.

이렇듯 화자는 사랑의 감정이 세상 어느 것보다도 고귀하고 아름답다고 생각한다. 그리움에 사무친 한 또한 세상 어느 것보다 깊고 절실하며 오묘한 것이라 생각한다. 그런데 이 감정들은 님의 세계에 비하면 아무것도 아님을 깨닫게 된다. 정 하늘이 높아도 님의 이마보다 낮고, 한 바다가 깊어도 님의 무릎보다 얕다. 그래서 정 하늘에 오르고 한 바다를 건너려면 님에게 안기는 방법밖에는 없다. 님에게 오롯이 귀의해야만 인간의 정한을 극복할 수 있다고 화자는 생각한다.

이 시는 한용운의 다른 시와 달리 산문 같은 긴 시행이 구사되지 않은 시이다. 각 연마다 구절이 반복되고 서로 대구를 이룬다. 1연에서 5연까지의 내용이 6연에 함축된다. 6연에서 화자는 님에게 안길 수만 있다면 어떤 고난도 극복할 수 있다고 말한다. 님은 화자에게 정과 한의 감정을 갖게 하는 존재이며, 정과 한을 초월하게 하는 존재이다. 그래서 화자는 님에게 안기는 것만이 정과 한을 극복하는 유일한 길임을 알게 된다.

첫 키스

마셔요 제발 마셔요
보면서 못 보는 체 마셔요
마셔요 제발 마셔요
입술을 다물고 눈으로 말하지 마셔요
마셔요 제발 마셔요
뜨거운 사랑에 웃으면서 차디찬 잔 부끄럼에 울지 마셔요
마셔요 제발 마셔요
세계의 꽃을 혼자 따면서 항분에 넘쳐서 떨지 마셔요
마셔요 제발 마셔요
미소는 나의 운명의 가슴에서 춤을 춥니다 새삼스럽게 스스러워 마셔요

항분 어떤 자극을 받아 북받쳐 일어나는 감정. 또는 그 흥분.

스스러워 서로 사귀는 정이 두텁지 않아 조심스러워. 수줍고 부끄러워.

첫 키스

화자는 첫 키스를 받고 싶어 한다. 그런데 님은 이러한 화자의 마음을 모르는가 보다. 못 본 체하고, 입술을 다물고, 부끄러워한다. 온갖 말로 설득을 하고 회유를 해 보아도, 님에게 용기를 주어도 님은 화자와 첫 키스를 할 마음이 없나 보다. 화자는 님과 첫 키스를 할 수 있을까?

마셔요

님은 화자와의 첫 키스를 부끄러워한다. 이런 님의 태도가 화자를 참으로 답답하게 한다. 속이 타들어 간다. 그래서 '마셔요'라는 부정 표현을 통해 제발 그러지 말라고 부탁한다. 한 번이 아니라 여러 번 반복해서 부탁을 한다. 각 행의 마지막을 모두 '마셔요'로 마무리할 만큼 강렬하다. '마셔요'의 반복은 화자의 절박한 마음을 나타낼 뿐 아니라 이 시를 리듬감 있게 읽을 수 있게 한다.

세계의 꽃

님은 적극적인 사람이다. 세계의 꽃을 혼자서 따는 사람이다. 세계의 꽃을 딴다는 것은 아마도 세상의 아름다움을 쟁취한다는 의미일 것이다. 이렇듯 님은 혼자서도 과감히 꽃을 따는 사람이지만 화자에게만 유독 부끄러워한다. 이 시의 화자는 자신을 꽃이라 생각하는 것 같다. 세계의 꽃을 따는 사람이 화자라는 꽃에게는 소극적이어서 안타까워한다.

스스럽다

'스스럽다'는 '서로 사귀는 정이 두텁지 않아 조심스럽다'와 '수줍고 부끄러운 느낌이 있다'는 두 가지 뜻이 있다. 아마도 이 시에서는 후자의 의미일 것이다. 세계의 꽃을 혼자서도 따는 사람이 새삼스럽게 수줍어하고 부끄러워한다. 화자는 이미 첫 키스를 할 마음의 준비가 되어 있다. 첫 키스를 맞이할 준비로 미소가 그득하다. 그러니 민망해하지 말고, 주저하지 말고, 부끄러워하지 말고 적극적으로 키스하라고 한다. 새삼스럽게 스스러워하지 말라 한다.

이 시는……

이 시는 사랑의 시작 단계에서 하게 되는 첫 키스의 떨림을 이야기하고 있다.

이 시의 화자는 첫 키스를 하고 싶어 한다. 하지만 자신이 님에게 하겠다는 것이 아니라 님에게 키스를 해 달라고 요청한다. 키스를 요청하는 상황이 흥미롭다. 자신이 님에게 하면 될 텐데 끊임없이 요청한다. 자신은 이미 준비가 되었으니 스스러워하지 말고 키스해 달라고 말한다.

이 시를 읽다 보면 적극적인 화자와 소극적인 님의 모습이 그려진다. 그렇다고 화자가 아주 적극적인 것도 아니다. 자기가 하면 되는데 끝까지 님이 해주기를 원한다. 그런데 님은 다른 일에는 적극적이면서 키스에는 소극적이다. 새삼스럽게 스스러워한다.

이 시가 창작된 1920년대에 키스는 생소한 말이었을 것이다. 키스라는 말을 쓰는 것 자체가 어색했을지도 모른다. 이런 '키스'라는 말에 처음이라는 의미의 '첫'을 넣은 '첫 키스'라는 제목은 그 자체로 신선하다. 관능적으로 느껴질 수 있는 이 '첫 키스'라는 말을 통해 사랑의 떨림과 간절함을 잘 표현한 이 시는 지금 읽어도 우리를 설레게 한다.

님의 얼굴

님의 얼굴을 '어여쁘다'고 하는 말은 적당한 말이 아닙니다
어여쁘다는 말은 인간 사람의 얼굴에 대한 말이요 님은 인간의 것이라고 할 수가 없을 만치 어여쁜 까닭입니다

자연은 어찌하여 그렇게 어여쁜 님을 인간으로 보냈는지 아무리 생각하여도 알 수가 없습니다
알겠습니다 자연의 가운데에는 님의 짝이 될 만한 무엇이 없는 까닭입니다

님의 입술 같은 연꽃이 어디 있어요 님의 살빛 같은 백옥이 어디 있어요
봄 호수에서 님의 눈결 같은 잔물결을 보았습니까 아침 볕에서 님의 미소 같은 방향을 들었습니까
천국의 음악은 님의 노래의 반향입니다 아름다운 별들은 님의 눈빛의 화현입니다

아아 나는 님의 그림자여요

님은 님의 그림자밖에는 비길 만한 것이 없습니다
님의 얼굴을 어여쁘다고 하는 말은 적당한 말이 아닙니다

방향 꽃다운 향기.

반향 소리가 어떤 장애물에 부딪쳐서 반사되어 다시 들리는 현상.

화현 부처와 보살이 중생을 교화하고 구제하려고 여러 가지 모습으로 변하여 세상에 나타남.

어여쁘다

어여쁘다는 '예쁘다'를 예스럽게 이르는 말이다. 이 '어여쁘다'라는 말로는 님의 얼굴을 표현할 수 없다고 한다. 인간에게는 어여쁘다는 말을 쓸 수 있지만, 인간 세계를 넘어선 님에게는 적당한 표현이 아니라고 한다. 절대적인 아름다움을 지닌 님의 얼굴을 어여쁘다는 말로는 표현할 수 없다고 한다.

자연

인간의 영역을 뛰어넘는 님이 왜 인간 세상에 왔는지 화자는 알 수 없다고 한다. 인간 세상과는 어울리지 않는 님의 아름다움. 세속 너머의 아름다움을 지닌 님. 이런 님이 인간 세상으로 왜 왔는지 화자는 곰곰 생각한다. 그것은 자연 중에서는 님의 짝이 될 만한 존재가 없기 때문이라고 화자는 스스로 대답한다. 여기서 자연은 인간 세상을 포함한 더 큰 세상을 의미한다. 모든 세상, 자연 속에서도 님의 아름다움과 그 짝을 이룰 만한 존재가 없다.

님의 모습

'어여쁘다'로는 표현할 수 없는 님의 모습은 어떠한가? 연꽃보다 아름다운 입술, 백옥보다 빛나는 살결, 봄 호수의 잔물결보다 매혹적인 눈결, 아침 빛보다 향기로운 미소, 천국의 음악 같은 노래, 아름다운 별 같은 눈빛. 이처럼 감각적인 묘사는 님의 아름다움에 푹 빠지게도 하지만 님의 아름다움을 이렇게 그려낸 시인의 언어 능력에도 빠져들게 한다.

님의 그림자

아름다운 님에 비길 만한 것이 세상에는 없다. 겨우 비길 수 있는 것이 있다면 그것은 님의 그림자뿐이다. 그런데 그 님의 그림자는 바로 화자 자신이다. 왜 화자 자신이 님의 그림자일까? 그것은 아마도 님을 사랑하고, 님의 사랑을 받는 사람이 화자이기 때문일 것이다. 자연에도 짝이 없는 님이 이 세상에 온 것은 화자를 사랑하고 화자의 사랑을 받기 위해서일 것이다.

이 시는∘∘∘∘∘∘

사랑에 빠져본 사람은 안다. 자신이 사랑하는 사람이 얼마나 아름답고, 얼마나 위대한 사람인지를. 사랑은 그렇다. 나를 최고로 만들고, 사랑하는 사람을 최고로 만든다. 이 시는 화자가 사랑하는 님이 얼마나 아름다운지를 표현하고 있다.

화자는 님의 얼굴을 예쁘다고 하는 말은 적당하지 않다고 한다. 님의 얼굴은 예쁘다는 말을 뛰어넘는다. 이 세상에서 견줄 만한 사람이 없다. 아니 자연에서도 짝을 이룰 존재가 없다. 님은 이 세상을 뛰어넘는 존재이다. 자연을 뛰어넘는 존재이다.

화자는 님이 얼마나 아름다운지를 3연에서 더 구체적으로 이야기하는데, 이 표현을 읽다 보면 저절로 고개가 끄덕여진다. 세상의 온갖 아름다운 것들을 님의 모습에 견준다. 천국의 음악 같은 님의 노래나 별 같은 님의 눈빛과 같은 비유적 표현을 읽다 보면 님은 이 세상 사람이 아닐 정도로 아름답게 느껴진다. 천국의 음악보다도 하늘의 별보다도 아름다운 님.

그런데 이 시는 님의 아름다움을 찬탄하는 데서 멈추지 않는다. 세상에 비길 만한 존재가 없는 님에게 비길 만한 것이 있다고 한다. 그것은 바로 화자 자신이다. 물론 자신은 겨우 님의 그림자일 뿐이다. 님의 그림자 정도의 존재이지만 그래도 님의 사랑을 받고 님을 사랑한다. 그래서 님과 화자는

둘이 아니라 한 몸이나 다름없는 존재이다. 그러니 화자는 님과 비길 만한 존재인 것이다.

화자는 아름다운 님의 그림자이다. 그래서 님이 존재하면 화자 역시 존재하고, 님이 있기에 화자 또한 있는 것이다. 화자가 존재해야 님도 존재할 수 있다. 둘은 떼려야 뗄 수 없는 존재이고 한 몸이다. 서로 사랑하는 사이이기 때문이다.

이 시는 님이 얼마나 아름다운지를 이야기하는 것 같지만 실은 화자가 얼마나 님을 사랑하는지를 이야기하는 시이다. 부처의 눈에는 부처가 보이고 돼지의 눈에는 돼지가 보인다는 옛말처럼, 님의 절대적인 아름다움을 알아보는 화자야말로 님을 사랑할 수 있는 자격이 있음을 이 시는 이야기한다.

찬송

님이여 당신은 백 번이나 단련한 금결입니다
뽕나무 뿌리가 산호가 되도록 천국의 사랑을 받으소서
님이여 사랑이여 아침 볕의 첫걸음이여

님이여 당신은 의가 무거웁고 황금이 가벼운 것을 잘 아십니다
거지의 거친 밭에 복의 씨를 뿌리옵소서
님이여 사랑이여 옛 오동의 숨은 소리여

님이여 당신은 봄과 광명과 평화를 좋아하십니다
약자의 가슴에 눈물을 뿌리는 자비의 보살이 되옵소서
님이여 사랑이여 얼음 바다에 봄바람이여

백 번이나 단련한 금결

대체로 금은 고귀하고 가치 있고 소중한 것을 의미한다. 이러한 금을 백 번이나 단련한 금결이 님이다. 옛날부터 백이라는 숫자는 완벽의 숫자, 아주 큰 숫자를 의미했다. 그러니 님은 무한히 단련된 금결이다. 완벽하게 단련된 존재이다. 무한한 가치를 지닌 존재이다.

뽕나무 뿌리가 산호가 되도록

뽕나무 뿌리가 산호가 된다는 것은 오랜 시간이 흘러 뽕나무 밭이 바다가 되고, 그 뽕나무 뿌리가 시간이 흘러 바다의 보석인 산호가 된다는 것이다. 그러니 '아주 오랜 시간 동안'이라는 의미로 쓰였음을 알 수 있다. 님이 천국의 사랑을 아주 오랜 시간 동안, 뽕나무 뿌리가 산호가 되도록 받기를 희망한다는 의미이다. 인간의 시간을 넘어 영원으로 이어지기를 바라는 것이다.

의가 무겁고 황금이 가벼운 것

님은 의를 중시하고 황금을 가볍게 여긴다. 의와 황금을 대조적인 의미로 사용하여 님의 성향을 드러내고 있다. 의는 가치 있고 무거운 존재이고, 황금은 가볍고 하찮은 존재이다. 님은 이 두 가지 가운데 의를 중시하고 재물을 가볍게 여기는 정의로운 사람이다. 님은 재물을 탐하기보다 타인과 함께하는 의를 중시한다. 그렇기 때문에 가난한 사람들에게 복을 줄 수 있는 사람이다.

아침 볕의 첫걸음이여

각 연의 마지막 행에서 화자는 님의 모습을 '아침 볕의 첫걸음', '옛 오동의 숨은 소리', '얼음 바다에 봄바람'으로 비유하고 있다.

'아침 볕의 첫걸음'은 아침에 최초로 비치는 햇빛이니까 새롭게 어둠을 밝히는 지혜로운 존재라는 의미이다. 예부터 오동나무는 악기를 만드는 재료였다. 님은 이 오동으로 만든 악기의 숨어 있는 화음 같은 존재이다. 그러니까 '옛 오동의 숨은 소리'는 언어로 표현하기 어려운 신비하고 오묘한 존

재라는 의미이다. '얼음 바다의 봄바람'은 얼어붙은 세상을 녹여 내는 따뜻하고 자애로운 존재라는 의미이다. 이 세 가지 은유 모두 님에 대한 지극한 찬송이다.

이 시는……

이 시는 3연 3행의 구조로 되어 있다. 각 연의 1행은 1행끼리, 2행은 2행끼리, 3행은 3행끼리 서로 같은 구조가 반복된다. 대체로 각 연의 1행은 님의 성향을 이야기하고, 2행은 님에게 축원을 올리고, 3행은 은유를 통해 님을 열렬히 찬송한다. 이 시는 제목 그대로 님을 찬송하는 내용이지만 님의 실체는 잘 드러나지 않는다. 그래서 각 연 3행의 은유를 통해 어떤 존재인지를 짐작해 보면 님의 실체를 만날 수 있다.

님은 무한히 단련된 존재로서 아주 오랫동안 천국의 사랑을 받을 수 있는 존재이다. 어두운 세상을 밝히는 아침 별의 첫걸음과 같이 맑고 싱그러운 존재이다. 님은 의로움을 중요하게 여기며 황금 같은 재물을 가벼이 여기는 존재이다. 열악한 환경에 놓여 있는 사람들과 함께하고 그들의 열악한 환경을 바꿀 수 있는 능력을 지닌 존재이다. 오래된 오동나무와 같이 마음속에 아름다운 소리를 간직하고 있는 신비하고 오묘한 존재이다. 님은 지혜의 밝은 빛이고 평화를 사랑하는 존재이다. 약자의 아픔을 함께할 줄 아는 자비로운 존재이다. 얼어붙은 바다를 녹이는 봄바람 같은 존재로 춥고 혹독한 겨울을 따스한 봄으로 바꿀 수 있는 존재이다.

님은 스스로 자신을 단련시키는 존재로 세상을 밝히고, 아름답게 만들며, 따스하게 만드는 존재이다. 자신뿐만 아니라 가난하고 어려운 사람과 함께

하는 존재이다. 그래서 화자는 이런 님이 어려운 현실을 극복해 주기를 소망한다. 절대적인 존재인 님이 이 세상을 환하게 비춰주기를 소망한다.

바꾸어 말하면, 현실은 천국의 사랑을 받지 못한 채 어둠만 쌓여 있는 곳이다. 의로운 사람은 사라지고 황금을 추구하는 사람들로 가득 차 있다. 가난하고 약한 사람들이 소외된 채 살아가고 있는 얼음 바다와 같은 곳이다. 이렇게 암담하기에 지혜롭고 자애로운 님, 절대적인 님을 간절히 원하고 있다. 어둠과 얼음의 세계를 구원해 줄 존재를 바라고 있다. 찬송은 봄과 광명과 평화가 가득 찬 세상이 오기를 희망하며 부르는 노래이다.

논개의 애인이 되어서 그의 묘에

날과 밤으로 흐르고 흐르는 남강은 가지 않습니다

바람과 비에 우두커니 섰는 촉석루는 살 같은 광음을 따라서 달음질칩니다

논개여 나에게 울음과 웃음을 동시에 주는 사랑하는 논개여

그대는 조선의 무덤 가운데 피었던 좋은 꽃의 하나이다 그래서 그 향기는 썩지 않는다

나는 시인으로 그대의 애인이 되었노라

그대는 어디 있느뇨 죽지 않은 그대가 이 세상에는 없구나

나는 황금의 칼에 베어진 꽃과 같이 향기롭고 애처로운 그대의 당년을 회상한다

술 향기에 목마친 고요한 노래는 옥에 묻힌 썩은 칼을 울렸다

춤추는 소매를 안고 도는 무서운 찬바람은 귀신나라의 꽃수풀을 거쳐서 떨어지는 해를 얼렸다

가냘픈 그대의 마음은 비록 침착하였지만 떨리는 것보다도 더욱 무서웠다

아름답고 무독한 그대의 눈은 비록 웃었지만 우는 것보다도 더욱 슬펐다

붉은 듯하다가 푸르고 푸른 듯하다가 희어지며 가늘게 떨리는 그대의 입술은 웃음의 조운이냐 울음의 모우이냐 새벽달의 비밀이냐 이슬꽃의 상징이냐

삐비 같은 그대의 손에 꺾기우지 못한 낙화대의 남은 꽃은 부끄럼에 취하여 얼굴이 붉었다

옥 같은 그대의 발꿈치에 밟히운 강 언덕의 묵은 이끼는 교긍에 넘쳐서 푸른 사롱으로 자기의 제명을 가리었다

아아 나는 그대도 없는 빈 무덤 같은 집을 그대의 집이라고 부릅니다

만일 이름뿐만이나마 그대의 집도 없으면 그대의 이름을 불러 볼 기회가 없는 까닭입니다

나는 꽃을 사랑합니다마는 그대의 집에 피어 있는 꽃을 꺾을 수는 없습니다

그대의 집에 피어 있는 꽃을 꺾으려면 나의 창자가 먼저 꺾어지는 까닭입니다

나는 꽃을 사랑합니다마는 그대의 집에 꽃을 심을 수는 없습니다

그대의 집에 꽃을 심으려면 나의 가슴에 가시가 먼저 심어지는 까닭입니다

용서하여요 논개여 금석 같은 굳은 언약을 저버린 것은 그대가 아니요 나입니다

용서하여요 논개여 쓸쓸하고 호젓한 잠자리에 외로이 누워서 끼친 한에 울고 있는 것은 내가 아니요 그대입니다

나의 가슴에 '사랑'의 글자를 황금으로 새겨서 그대의 사당에 기념비를 세운들 그대에게 무슨 위로가 되오리까

나의 노래에 '눈물'의 곡조를 낙인으로 찍어서 그대의 사당에 제종을 울린대도 나에게 무슨 속죄가 되오리까

나는 다만 그대의 유언대로 그대에게 다하지 못한 사랑을 영원히 다른 여자에게 주지 아니할 뿐입니다. 그것은 그대의 얼굴과 같이 잊을 수가 없는 맹서입니다

용서하여요 논개여 그대가 용서하면 나의 죄는 신에게 참회를 아니한대도 사라지겠습니다

천추에 죽지 않는 논개여

하루도 살 수 없는 논개여
그대를 사랑하는 나의 마음이 얼마나 즐거우며 얼마나 슬프겠는가
나는 웃음이 겨워서 눈물이 되고 눈물이 겨워서 웃음이 됩니다
용서하여요 사랑하는 오오 논개여

광음 햇빛과 그늘, 즉 낮과 밤이라는 뜻으로, 시간이나 세월을 이르는 말.

목마친 목이 멘, 목이 막힌.

무독한 독이 없는.

조운 아침에 낀 구름.

모우 저녁에 내리는 비.

삐비 삘기(띠의 새로 나는 어린 싹).

교긍 교만하여 지나치게 자신을 가짐.

사롱 여러 빛깔의 비단으로 거죽을 씌운 등.

제명 책, 시문 따위의 표제나 제목의 이름.

금석 쇠붙이와 돌이라는 뜻으로, 매우 굳고 단단한 것을 이르는 말.

제종 제사를 지내며 울리는 종.

천추 오래고 긴 세월.

남강과 촉석루

남강의 촉석루는 임진왜란 당시 논개가 왜장을 끌어안고 순절한 누각이다. 그런데 남강은 밤낮으로 흐르고 있는 것 같지만 실제의 남강은 논개가 순절한 그 순간에 멈춰 서 있는 역사적 현장이며, 촉석루는 늘 거기 서 있는 것 같지만 빠른 속도로 변해가고 있음을 역설을 통해 보여준다. 흐르되 흐르지 않는 남강, 서 있되 서 있지 않은 촉석루의 모습과 논개의 순국 현장을 대구와 역설을 통해 묘사하고 있다.

조선의 무덤 가운데 피었던 좋은 꽃

조선의 무덤은 조선에서 살다가 죽은 사람들을 뜻한다. 이 사람들 가운데 좋은 꽃이라 했으니, 좋은 꽃은 나라를 위해 죽은 논개를 지칭한다. 논개의 이 애국충절은 지금도 썩지 않고 향기롭게 이어진다. 논개의 순국 정신이 아직까지 살아 있음을 말한다.

술 향기에 목마친 고요한 노래

논개는 왜장을 방심시키기 위해 왜장에게 술을 따르고 노래를 부른다. 이 노래는 나라를 구하기 위한 노래이고, 삶의 마지막 자리에서 부르는 고요한 노래이다. 왜군의 침략으로 감옥과 다름없어진 조선에서, 이 노래는 나라를 구하는 슬픈 노래가 된다. 이 노래는 나라를 지키지 못하고 썩은 칼이 되어버린 사람들의 심금을 울린다.

그대의 입술

그대의 입술은 논개의 입술로, 남강에 투신한 뒤에 죽어가는 과정을 입술색의 변화로 표현한다. 붉은 듯한 입술은 떨어지는 순간의 아직 혈색이 도는 입술이고, 푸른 듯한 입술은 숨이 막혀 피가 돌지 않는 입술이고, 희어지며 가늘게 떨리는 입술은 거의 죽어가는 상태의 입술인 듯하다. 이 입술을 웃음의 조운, 울음의 모우, 새벽달의 비밀, 이슬꽃의 상징으로 비유하고 있다. 아침의 구름으로, 저녁의 비로, 새벽달로, 이슬꽃으로 논개의 입술을 비유하고 있다.

낙화대의 꽃과 강 언덕의 이끼

화자는 논개가 투신한 의암으로 내려온다. 낙화대에 피어 있는 꽃은 아름답지만 논개의 순국에 아무런 역할을 하지 않아 부끄러워서 색이 붉다. 논개가 순국할 때 발꿈치에 밟혔던 푸른 이끼는 지나치게 자신을 가진 나머지 교만하여, 낙화대의 제명을 가려 꽃처럼 산화한 논개의 존재를 무시하고 말았다고 말한다.

빈 무덤 같은 집

빈 무덤 같은 집은 1740년에 논개를 추모하기 위해 세운 사당인 '의기사'를 말한다. 그 누구도 찾지 않아 무덤 같은 의기사를 빈 무덤 같은 집이라 표현했다. 아무도 찾지 않아 이름뿐이지만 그래도 이 집이라도 있어 논개를 추모할 수 있다. 화자는 이 집에 있는 꽃을 꺾을 수도 심을 수도 없다고 한다. 논개가 없는 상황에서 논개의 집에서 행하는 모든 행위는 자신의 가슴을 아프게 할 뿐이기 때문이다. 빈 무덤 같은 집에서 무언가를 하는 행위는 모두 쓸데없는 행동일 뿐이다.

용서하여요 논개여

화자는 논개에게 용서를 빈다. 나라를 위해 죽겠다던 금석 같은 굳은 언약을 논개는 지켰는데 화자는 지키지 못하였기에 용서를 빈다. 화자가 금석 같은 굳은 언약을 지키지 않는다면 황금으로 논개의 사당에 기념비를 세운들, 눈물로 논개의 사당에 제종을 올린들 속죄가 될 수 없다. 나라를 위해 죽는 것 외에는 논개를 사랑하는 것도, 논개에게 속죄하는 것도 아니다.

이 시는……

이 시는 남강의 촉석루에서부터 시작한다. 화자는 촉석루 앞에 서서 논개가 순절한 그 당시를 떠올린다. 강물은 흐르고 흐르지만 여전히 논개가 순절한 그 시간에 멈춰 있다. 촉석루는 그대로 서 있는 것 같지만 빠른 속도로 변해가고 있다. 그곳에서 화자는 울음과 웃음을 동시에 주는 논개를 생각한다. 죽은 조선 사람 중에 좋은 꽃이며 가장 향기로운 사람인 논개를 생각하며 화자는 논개의 애인이 된다.

화자는 왜장을 유인하기 위해 술을 따르고 춤을 추던 논개가 순절한 그 당시를 떠올린다. 침착하게 노래하고 춤추는 논개. 그 노래는 당시의 사람들을 울리고, 그 춤은 왜나라 일본을 긴장하게 하고 떨게 한다. 왜장을 유인하는 논개의 눈은 웃고 있어, 우는 것보다 더 슬프게 느껴진다. 붉은 입술이 희어지며 죽어가던 그곳에는 의미 없이 붉은 꽃이 피어 있고, 논개가 떨어진 낙화대는 이끼가 끼어 낙화대라는 글씨도 보이지 않는다.

무덤 같은, 이름뿐인 집을 '그대의 집'이라 부르며 화자는 집을 둘러본다. 이 집은 1740년에 세운 의기사일 것이다. 꽃이 피어 있는 그 집을 보며, 꽃같은 나이에 꽃같이 떨어진 논개를 생각한다.

화자는 논개에게 간절히 용서를 빈다. 나라를 위해 죽지 못한 자신의 행동에 대하여 용서를 빈다. 금석 같은 굳은 언약을 지키고 죽은 논개에게, 그

러지 못한 자신의 잘못을 용서하라고 빈다. 화자는 빼앗긴 나라를 위해 죽지 않고 목숨을 연명하고 있는 일, 그것만큼은 무슨 일을 해도 속죄되지 못할 일임을 안다. 그래서 화자는 다른 여자를 사랑하지 않겠다고 다짐한다.

천 년이 지나도 우리 가슴에 남아 있을 논개는 화자에게 웃음과 울음을 동시에 주는 사람이다. 사랑하는 사람이다. 여기에서 웃음은 조선을 위해 목숨을 바친 의로운 사람이기 때문일 것이고, 울음은 논개의 안타까운 죽음 때문일 것이다. 조선을 위해 순국한 논개. 그때보다 더 힘겨운 상황이지만 순국하지 못하는 화자. 화자는 다시 한번 논개에게 용서를 구한다.

이 시는 역설과 대구를 반복적으로 쓴 긴 시이다 보니 이해하기 쉽지 않다. 그러나 찬찬히 읽어보면 논개를 추모하는 화자의 마음을 읽어낼 수 있다. '-습니다'와 '-다'의 어미를 번갈아 쓰는 변화를 통해 화자의 격정적인 감정을 표현하고 있다.

사랑하는 까닭

내가 당신을 사랑하는 것은 까닭이 없는 것은 아닙니다
다른 사람들은 나의 홍안만을 사랑하지마는 당신은 나의 백발도 사랑하는 까닭입니다

내가 당신을 기루어하는 것은 까닭이 없는 것이 아닙니다
다른 사람들은 나의 미소만을 사랑하지마는 당신은 나의 눈물도 사랑하는 까닭입니다

내가 당신을 기다리는 것은 까닭이 없는 것이 아닙니다
다른 사람들은 나의 건강만을 사랑하지마는 당신은 나의 죽음도 사랑하는 까닭입니다

홍안 붉은 얼굴이라는 뜻으로, 젊어서 혈색이 좋은 얼굴을 이르는 말.

까닭이 없는 것이 아닙니다

화자는 당신을 사랑하고, 그리워하고, 기다리는 것은 까닭이 있다고 말한다. 당신은 다른 사람들과 다르기 때문이다. 다른 사람들은 화자의 홍안, 미소, 건강만을 사랑한다. 다시 말하면 화자의 긍정적인 부분만을 사랑한다. 그러나 당신은 그렇지 않다. 당신은 화자의 백발, 눈물, 죽음까지도 사랑한다. 화자의 모든 것을 사랑한다. 그래서 당신을 사랑하고, 그리워하고, 기다린다.

홍안과 백발

이 시는 다양한 대조가 쓰였다. 당신과 다른 사람들, 홍안과 백발, 미소와 눈물, 건강과 죽음 등이다. 이러한 대조는 당신과 다른 사람들의 사랑 방식의 차이를 드러내 당신의 진정한 사랑을 강조한다. 다른 사람들은 홍안, 그러니까 아름다운 얼굴과 젊음만 사랑하지만, 당신은 화자의 백발, 늙음까지도 사랑한다. 다른 사람들은 미소와 건강만을 사랑하지만 당신은 눈물과 죽음까지도 사랑한다.

진정한 사랑

이 시는 진정한 사랑에 대해 말하고 있다. 이 시의 화자는 당신을 사랑한다. 당신을 사랑하는 까닭은 당신은 다른 사람들과 달리 화자의 부정적인 모습일 수 있는 백발, 눈물, 죽음까지도 사랑하기 때문이다. 화자의 좋은 것만을 사랑하는 것이 아니라 좋지 않은 것들도 사랑하는 당신. 있는 그대로를 사랑하는 당신. 조건 없는 사랑을 하는 당신. 이러한 당신의 사랑이 진정한 사랑임을 표현하고 있다.

이 시는……

이 시는 화자인 '나'의 사랑법이 아닌 당신의 사랑법을 통해 진정한 사랑을 이야기한다.

화자를 사랑하는 당신은 화자의 홍안뿐만 아니라 백발도 사랑한다. 젊음의 아름다움이라고 할 수 있는 홍안은 누구나가 사랑할 수 있다. 그러나 늙음의 추함이라고 할 수 있는 백발을 사랑하기는 쉽지 않다. 그런데도 당신은 화자의 백발을 사랑한다. 그러니 화자는 이런 당신을 사랑하지 않을 수가 없는 것이다. 당신은 화자의 미소뿐만 아니라 눈물도 사랑한다. 그러니 당신을 그리워하지 않을 수 없는 것이다. 당신은 화자의 건강뿐만 아니라 죽음까지도 사랑한다. 그러니 당신을 기다리지 않을 수 없는 것이다.

이 시를 잘 읽어보면 1연에서 사랑을, 2연에서 그리움을, 3연에서 기다림을 이야기한다. 사랑하게 되면 이 사랑은 그리움이 되고 기다림이 된다. 사랑이 더 깊어짐을 사랑과 그리움과 기다림으로 표현한다. 1연의 홍안과 백발, 2연의 미소와 눈물, 3연의 건강과 죽음을 사랑의 깊이로 읽어도 손색이 없다. 홍안과 백발은 외적인 모습, 미소와 눈물은 내적인 모습, 건강과 죽음은 사람의 인생으로 볼 수 있다. 다시 말하면 당신은 외적인 것에서 시작하여 내적인 모습까지 사랑의 깊이를 더해가다가 마침내 나의 삶 전체를 사랑하게 되었다고 볼 수 있다.

달을 보며

달은 밝고 당신이 하도 기루었습니다
자던 옷을 고쳐 입고 뜰에 나와 퍼지르고 앉아서 달을 한참 보았습니다

달은 차차차 당신의 얼굴이 되더니 넓은 이마 둥근 코 아름다운 수염이 역력히 보입니다
간 해에는 당신의 얼굴이 달로 보이더니 오늘 밤에는 달이 당신의 얼굴이 됩니다

당신의 얼굴이 달이기에 나의 얼굴도 달이 되었습니다
나의 얼굴은 그믐달이 된 줄을 당신이 아십니까
아아 당신의 얼굴이 달이기에 나의 얼굴도 달이 되었습니다

간 해　지나간 해. 작년.

자던 옷을 고쳐 입고

달 밝은 밤이다. 자려고 누웠으나 잠은 오지 않는다. 화자는 자던 옷을 고쳐 입고 뜰에 나와 달을 본다. 달 밝은 밤, 잠이 오지 않는 이유는 당신이 그리워서이다. 참으로 많이 당신이 그립다. 달은 밝고, 당신은 그리워서, 계속 누워 있어 본들 잠이 들 것 같지 않다. 그래서 옷을 고쳐 입고 뜰에 나와 퍼지르고 앉아 있다. 퍼지르고 앉아서 달을 본다. 한참이나 본다.

차차차

'차차'는 어떤 사물의 상태가 시간의 흐름에 따라 일정한 방향으로 조금씩 진행하는 모양을 말한다. 그런데 이 시는 '차차'를 쓰지 않고 '차차차'를 쓰고 있다. '차차'의 오기일 수도 있지만 '차차차'를 씀으로써 시간의 흐름이 더 길어지는 것을 의미하기도 한다. 화자가 긴 시간 동안 달을 쳐다보고 있음을 '차차차'를 통해 표현하고 있다.

당신의 얼굴

당신은 부재중이다. 참으로 그리운 당신은 지금 여기에 없다. 그래서 화자는 잠 못 이루고 뜰에 나와 달을 본다. 오랜 시간 달을 보다 보니 달이 당신의 얼굴로 보인다. 넓은 이마, 둥근 코, 아름다운 수염까지도 보인다. 당신이 너무 보고 싶고 그리워서 당신과 닮은 모든 것이 당신으로 보인다. 당신의 얼굴이 달로 보이기도 하고, 달이 당신의 얼굴로 보이기도 한다.

그믐달

지금 화자가 보고 있는 달은 보름달이다. 둥글고 환하다. 이 보름달에는 당신의 얼굴이 보인다. 그런데 화자의 얼굴은 그믐달이다. 당신을 닮아 화자도 달이 되었지만 겨우 달의 형색만을 갖춘 그믐달이다. 당신이 없어서 그렇다. 당신 없는 밤, 당신을 그리워만 하다 환하게 피어나지 못한 채 그믐달이 되었다.

이 시는······

화자는 당신이 그리워서 잠을 이루지 못하고 있다. 문밖에는 둥근 보름달이 환하게 떠 있다. 화자는 옷을 고쳐 입고 밖으로 나온다. 달을 본다. 달빛이 환하다. 뜰에 퍼지르고 앉아서 달을 본다. 한참을 본다.

달을 보고 있자니 달이 차차 당신의 얼굴이 된다. 넓은 이마도 보이고, 둥근 코도 보이고, 수염도 보인다. 보름달처럼 둥글둥글한 당신이 보인다. 지난해에는 당신의 얼굴이 달로 보인 적이 있었다. 그러고 보면 당신과 달은 참 많이 닮아 있다. 원만하지만 무심하고, 환하지만 고요하다.

화자는 달의 모습에서 당신을, 당신의 모습에서 달을 찾는다. 대체로 달은 원만함, 무심함, 탈속, 고요함 등의 이미지를 갖고 있다. 당신은 아마도 둥글둥글하고 원만한 성격인가 보다. 이 밤, 이렇게 화자를 그립게 하는 것을 보니 무심하기도 하나 보다.

속되지 않은 당신을 사랑하다 보니 화자의 얼굴도 달이 되어간다. 당신의 얼굴이 달이기에 화자의 얼굴도 달이 된다. 그런데 슬프게도 그믐달이다. 겨우 달의 형색만 갖춘 달. 일찍 뜨지도 못하고 늦게 뜨는 달. 늦은 밤까지 당신을 그리워하며 잠들지 못하는 화자의 모습이 그믐달의 모습과 겹친다. 그러나 보름달 같은 당신을 사랑하기에 화자는 보름달이 될 것이다. 사랑은 그런 것이니까. 서로가 하나가 되어가는 것이니까.

나의 꿈

당신이 맑은 새벽에 나무 그늘 사이에서 산보할 때에 나의 꿈은 작은 별이 되어서 당신의 머리 위에 지키고 있겠습니다

당신이 여름날에 더위를 못 이기어 낮잠을 자거든 나의 꿈은 맑은 바람이 되어서 당신의 주위에 떠돌겠습니다

당신이 고요한 가을밤에 그윽이 앉아서 글을 볼 때에 나의 꿈은 귀뚜라미가 되어서 책상 밑에서 '귀똘귀똘' 울겠습니다

맑은 새벽

이 시는 당신이 맑은 새벽에, 여름날에, 가을밤에 무엇인가를 할 때 당신을 지켜주고 싶은 화자의 소망을 이야기한다. 당신이 산보를 하고 낮잠을 자고 글을 볼 때 당신 곁에 있고 싶어 한다. 당신이 그 시간을 더 잘 보낼 수 있도록 헌신하고 싶어 한다.

작은 별

화자는 당신을 위해 작은 별이, 맑은 바람이, 귀뚜라미가 되고 싶어 한다. 화자가 되고 싶어 하는 이 셋의 공통점은 당신의 삶을 더 행복하게 해주는 것이다. 새벽의 산보를 지켜주고 싶어서 별이 되고, 푹 낮잠을 자게 하고 싶어서 맑은 바람이 되고, 글을 읽는 당신을 위로하고 싶어서 귀뚜라미가 되고 싶어 한다.

나의 꿈

나의 꿈은 언제나 당신과 함께하는 것이다. 당신 주변에서 당신이 무엇인가를 할 때 조용히 당신과 함께하고 싶어 한다. 고요하게 당신을 지켜주고 싶어 한다. 당신 몰래 무엇인가가 되어 당신의 기쁨이 되고 싶어 한다. 나의 꿈은 당신과 함께 하는 것이고, 당신의 기쁨이 되는 것이다.

이 시는……

사랑할 때는 내가 기쁜 것보다 사랑하는 사람이 기쁠 때 더 행복하다. 나로 인해 상대가 기쁘고 행복하다면 그보다 더 기쁜 것은 없다. 이 시는 이러한 사랑의 헌신성에 대해 이야기하고 있다.

나의 꿈은 단순하다. 당신과 함께 하는 일이다. 당신이 새벽에 산보를 하면 같이 산보를 하는 것이 아니라, 별이 되어 당신을 지켜주고 싶은 것이다. 같이 하는 기쁨도 크겠지만 당신 몰래 당신을 지켜주는 것이 더 큰 기쁨이다. 당신이 더위를 못 이겨 낮잠을 자면 같이 낮잠을 자는 것이 아니라, 맑고 시원한 바람이 되어 당신이 편안하게 낮잠을 잘 수 있도록 주위를 떠도는 것이 더 큰 기쁨이다. 당신이 그윽이 앉아 글을 볼 때 같이 글을 보는 것이 아니라, 글을 읽는 책상 아래서 귀뚤귀뚤 울면서 당신이 편하게 책을 볼 수 있게 하는 것이 더 큰 기쁨이다.

사랑할 때 사랑하는 사람과 무엇인가를 함께하는 것은 큰 기쁨이자 행복이다. 그런데 이 시의 화자는 이것보다 한 발 더 나아가 당신의 주변에서 당신의 기쁨을 위해 헌신하겠다고 한다. 당신의 기쁨을 위해 자신을 자발적으로 헌신하고자 한다. 이 헌신이 나의 꿈이다. 당신을 사랑하는 방식이다.

수의 비밀

나는 당신의 옷을 다시 지어 놓았습니다
심의도 짓고 도포도 짓고, 자리옷도 지었습니다
짓지 아니한 것은 작은 주머니에 수놓는 것뿐입니다

그 주머니는 나의 손때가 많이 묻었습니다
짓다가 놓아두고 짓다가 놓아두고 한 까닭입니다
다른 사람들은 나의 바느질 솜씨가 없는 줄로 알지마는 그러한 비밀은 나밖에는 아는 사람이 없습니다
나의 마음이 아프고 쓰린 때에 주머니에 수를 놓으려면 나의 마음은 수놓는 금실을 따라서 바늘구멍으로 들어가고 주머니 속에서 맑은 노래가 나와서 나의 마음이 됩니다
그리고 아직 이 세상에는 그 주머니에 넣을 만한 무슨 보물이 없습니다
이 작은 주머니는 짓기 싫어서 짓지 못하는 것이 아니라 짓고 싶어서 다 짓지 않는 것입니다

심의 예전에, 신분이 높은 선비들이 입던 웃옷. 대개 흰 베를 써서 두루마기 모양으로 만들었으며 소매를 넓게 하고 검은 비단으로 가장자리를 둘렀다.

도포 예전에, 통상적인 예복으로 입던 남자의 겉옷.

자리옷 잠잘 때 입는 옷.

수

헝겊에 색실로 그림이나 글자 따위를 바늘로 떠서 꾸미는 일을 '수'라고 한다. 옷에도 수를 놓는데 이 수는 옷의 품위를 높이는 역할을 한다. 화자는 작은 주머니에만 수를 놓으면 옷이 완성된다고 말한다. 그러나 애써 이 수를 놓지 않고 있다. 왜 수를 놓지 않는지가 수의 비밀이다.

심의, 도포, 자리옷

당신은 지금 화자 곁에 없다. 그런데도 화자는 당신의 심의와 도포와 자리옷을 다 지어놓았다. 심의와 도포는 밖에서 입는 옷이고, 자리옷은 방에서 입는 옷이다. 그러니까 화자는 당신이 입을 모든 옷을 다 지어놓은 것이다. 화자는 왜 당신의 옷을 짓는 것일까? 화자는 당신의 옷을 지으면서 당신을 그리워하고, 당신이 돌아오기를 간절히 소망하는 것이다. 화자가 당신의 옷을 짓는 일은 당신에 대한 그리움을 화자의 가슴에 새기는 일인 것이다.

바느질 솜씨

일반적으로 주머니에 수를 놓는 것은 옷을 완성하는 마지막 단계에 한다. 그런데 화자는 이 마지막 단계인 수를 놓지 않는다. 다른 사람들은 화자의 바느질 솜씨가 부족해 수를 완성하지 못한다고 생각한다. 그러나 그렇지 않다고 화자는 항변한다. 바느질 솜씨가 부족해서 작은 주머니에 수를 놓지 않는 게 아니라 일부러 짓지 않고 놓아둔 것이라 말한다. 이것이 나밖에 모르는 비밀이라고 말한다.

맑은 노래

화자가 그리워하는 당신은 지금 내 곁에 없다. 그래서 화자는 당신이 그립다. 당신이 그리워 마음이 아프고 쓰려 수를 놓는다. 수를 놓고 있으면 자신의 마음은 수놓은 금실을 따라서 바늘구멍으로 들어가게 되고 그 주머니 속에서는 맑은 노래가 나온다고 한다. 그리고 그 맑은 노래는 다시 화자의 마음이 된다고 한다. 화자는 수를 놓으면서 당신을 기다리는 아픔을 잊거나 아픔을 노래로 승화시킬 수 있다고 말한다.

이 시는……

이 시는 옷을 짓는 행위를 통해 당신에 대한 화자의 마음을 진솔하게 표현하고 있다. 화자는 당신이 입을 옷을 짓는다. 외출복, 일상복, 잠옷 등 입을 수 있는 옷을 다 짓는다. 화자는 마지막 작은 주머니에 수놓는 일만을 남겨두고 있다. 수만 놓으면 옷이 완성되는데 끝내 화자는 수를 놓지 않는다. 수를 놓지 못한다. 이런 화자를 보고 사람들은 바느질 솜씨가 부족하다고 말한다. 그러나 그렇지 않다. 수를 놓지 못하는 이유는 다른 곳에 있다.

하나는 슬픔의 승화이다. 수를 놓는 행위는 화자에게는 일종의 정화작용 같은 것이다. 수를 놓으면서 아프고 쓰린 마음을 승화시킨다. 수를 놓으면서 당신의 부재에서 오는 아픔을 견디는 것이다. 또 하나는 당신의 부재를 외면하는 것이다. 당신은 지금 화자 곁에 없다. 그러니까 옷을 완성해도 옷을 입을 당신이 없는 것이다. 옷이 완성되면 당신이 없는 부재가 확인되는 것이다. 그래서 옷을 완성할 수 없는 것이다.

수를 놓으며 당신을 기다리는 것이 화자의 삶이다. 그런데 화자가 수를 마무리하면 당신을 기다리는 행위가 끝나게 된다. 그래서 수를 놓는 것은 천천히 그러나 끊임없이 지속되어야 한다. 당신이 오기 전까지 계속되어야 한다. 그러니 작은 주머니는 짓기 싫어서 짓지 못하는 것이 아니라 짓고 싶어서 짓지 않는 것이다.

수의 비밀은 여기에 있다. 작은 주머니에 묻은 화자의 손때. 짓다가 놓아두고 짓다가 놓아두면서 묻은 화자의 손때. 오늘은 오실까, 내일은 오실까 당신을 그리워하며 작은 주머니를 만지작거리다 묻은 화자의 손때에 수의 비밀이 있다. '짓기 싫어서 짓지 못하는 것이 아니라 짓고 싶어서 다 짓지 않는'다는 역설에 수의 비밀이 숨겨 있다.

사랑의 끝판

네 네 가요 지금 곧 가요

에그 등불을 켜려다가 초를 거꾸로 꽂았습니다그려 저를 어쩌나 저 사람들이 흉보겠네

님이여 나는 이렇게 바쁩니다 님은 나를 게으르다고 꾸짖습니다 에그 저것 좀 보아 '바쁜 것이 게으른 것이다' 하시네

내가 님의 꾸지람을 듣기로 무엇이 싫겠습니까 다만 님의 거문고 줄이 완급을 잃을까 저어합니다

님이여 하늘도 없는 바다를 거쳐서 느릅나무 그늘을 지워버리는 것은 달빛이 아니라 새는 빛입니다

홰를 탄 닭은 날개를 움직입니다

마구에 매인 말은 굽을 칩니다

네 네 가요 이제 곧 가요

지금 곧 가요

이 시는 화자의 대답으로 시작한다. 화자는 지금 곧 가겠다고 대답한다. 화자가 가고자 하는 곳에는 님이 있다. 그래서인지 화자는 님에게 가기 위해서 서두른다. 등불을 켜려다 초를 거꾸로 꽂기도 한다. 바쁘게 서두르며 실수하다 보니 님에게 가는 길이 늦어질지도 모르겠다. 서두르다 늦어지면 님이 게으르다고 꾸짖을 것 같다. 꾸지람을 들어도 괜찮을 것 같다. 그래도 님을 만날 수 있으니까.

거문고 줄

화자는 서두르다 늦어져서 님에게 꾸지람을 들을지도 모르겠다고 생각한다. 그래도 문제가 되지 않는다. 님을 진정으로 사랑하기에 화자는 님에게 듣는 꾸지람이 걱정되지 않는다. 다만 사랑하는 님의 거문고 줄이 완급을 잃을까 봐 걱정이다. 혹여 화자가 늦어서 님이 평정심을 잃을까 걱정이다.

새는 빛

새는 빛은 새벽빛이다. 이 새벽빛은 그늘을 지워버린다. 달빛으로는 지울 수 없는 느릅나무 그늘을 지워버린다. 새벽이 오고 있다. 닭이 날개를 움직이며 새벽이 왔다고 울려고 한다. 마구에 매인 말도 움직이려고 굽을 친다. 이제 화자도 님에게 가려고 한다. 이제 곧 가려고 한다. 사랑하는 님에게 가려고 한다.

사랑의 끝판

이 시는 시집 《님의 침묵》의 마지막 시다. 첫 시는 <님의 침묵>이다. <님의 침묵>에서는 님이 갔다. 이 떠났던 님이 돌아오는 시가 이 시이다. 떠났던 님이 돌아오는 시. 만나고 헤어지고 다시 만나는 사랑의 윤회를 첫 시 <님의 침묵>과 마지막 시 <사랑의 끝판>을 통해서 이야기하고 싶은 건 아닐까?

이 시는······

사랑하는 님이 돌아온다. '차마 떨치고 갔'던 님이 돌아온다. 그래서 시의 제목도 '사랑의 끝판'이다. 이별이 사랑의 마지막이라고 생각했던 사람들에게 이 시는 그래서 충격적이다.

'님의 말소리에 귀먹고 님의 얼굴에 눈멀었'던 화자는 님을 만나러 갈 준비를 한다. 서두르는 바람에 실수도 한다. 그러다 늦어져 님에게 꾸중을 들을까 걱정도 된다. '네 네 가요 지금 곧 가요'라고 대답하는 화자의 목소리는 무척 상기되어 있는 듯하다.

화자는 님을 만나기 위해 새벽에 떠나려고 하나 보다. 새벽을 알리는 표현이 세 가지나 등장한다. '새는 빛'이 그렇고, '홰를 탄 닭은 날개를 움직'이는 것이 그렇고, '마구에 매인 말은 굽을 치'는 것이 그렇다. 이 새벽은 참 의미 있는 시간이다. '하늘도 없는 바다'와 '느릅나무 그늘'을 지워버리는 것은 새벽빛이다. 새롭게 시작되는 새벽에 화자는 님을 만나러 간다.

그러고 보면 님과의 재회의 시간은 새벽이 마땅하다. 헤어져 있는 시간이 캄캄한 어둠의 시간이었다면 다시 만나는 시간은 새벽이어야 마땅하다. 님과의 새로운 시간을 함께하기에 새벽만큼 좋은 시간은 없다. 사랑의 끝판이 다시 사랑의 첫판이 되기 위한 시간으로 새벽만큼 좋은 시간은 없다.

한용운을 읽다

기룬 님을 좇아가는 삶의 나침반 같은 시

1판 1쇄 발행일 2020년 12월 21일
1판 2쇄 발행일 2024년 4월 8일

지은이 전국국어교사모임

발행인 김학원
발행처 (주)휴머니스트출판그룹
출판등록 제313-2007-000007호(2007년 1월 5일)
주소 (03991) 서울시 마포구 동교로23길 76(연남동)
전화 02-335-4422 **팩스** 02-334-3427
저자·독자 서비스 humanist@humanistbooks.com
홈페이지 www.humanistbooks.com
유튜브 youtube.com/user/humanistma **포스트** post.naver.com/hmcv
페이스북 facebook.com/hmcv2001 **인스타그램** @humanist_insta

편집책임 문성환 **편집** 윤무재 **디자인** 유주현
용지 화인페이퍼 **인쇄** 청아디앤피 **제본** 민성사

ISBN 979-11-6080-522-2 43810